El Pueblo Aéreo

Por

Julio Verne

El Pueblo Aéreo

1. UN VIAJE PELIGROSO.

— ¿Y el Congo americano? —inquirió Max Huber—. ¿Acaso no falta agregar un Congo americano?

— ¿Para qué, mi querido Max?— le contestó John Cort—. ¿Acaso nos faltan grandes extensiones en los Estados Unidos? ¿Qué necesidad hay de colonizar tierras en otros continentes cuando aún tenemos centenares de miles de kilómetros cuadrados de territorio virgen entre Alaska y Texas?

— ¡Pero si las cosas continúan así, las naciones europeas terminarán por repartirse África y nada quedará para tus compatriotas!

—Ni los norteamericanos ni los rusos tienen nada que hacer en el Continente Negro —repuso John Cort con acento terminante.

— ¿Pero por qué?

—Porque es inútil fatigarse caminando en busca de lo que se tiene al alcance de la mano…

— ¡Bah! Ya verás, querido amigo. El Gobierno Federal de los Estados Unidos reclamará uno de estos días su parte en el postre africano.

Si hay un Congo francés, otro belga, y otro alemán, hay un Congo independiente que sólo espera la oportunidad de dejar de serlo. Y a esto cabe agregar la enorme extensión sin explorar que llevamos ya tres meses recorriendo…

—Explorando como curiosos y no como conquistadores, Max.

—La diferencia no es considerable, digno ciudadano de los Estados Unidos —aclaró Max Huber—. Te repito que esta parte de África podría convertirse en una magnífica colonia de la Unión… tiene territorios extraordinariamente fértiles, que esperan tan sólo que se los utilice, bajo la influencia de una irrigación natural de gran generosidad…

—Y un calor igualmente generoso —lo interrumpió John, secándose la transpiración que le bañaba la frente.

— ¡Bah! No hagas caso —replicó Max —. Todo es cuestión de aclimatarse. Recién estamos en primavera. Espera que llegue el verano y me dirás.

—Ya lo ves. No tengo el más mínimo deseo de convertirme en un nativo de tez oscura. Acepto la afirmación de que hemos realizado una bonita excursión a través de extensos territorios inexplorados, contando en todo momento con el apoyo de la buena suerte. Pero quiero regresar cuanto antes a Libreville para descansar tranquilo, después de tres meses de continuas fatigas.

—De acuerdo, John. Sin que esto signifique que esta expedición me haya proporcionado toda la diversión que yo esperaba…

—No te comprendo. Hemos recorrido muchos centenares de kilómetros a través de una comarca desconocida, entre tribus salvajes que muchas veces nos recibieron a flechazos, cazamos leones y panteras por deporte y elefantes en provecho del amigo Urdax… ¿y no te sientes satisfecho?

— Tal vez no me expresé bien, John. Todo lo que nos ocurrió forma parte de las aventuras ordinarias de los exploradores africanos. Es lo que los lectores hallan en los relatos de Barth, Barton, Speke, Grant, Du Chaillu, Livingstone, Stanley, Cameron, Brazza, Gallieri, Massari, Buonfanti, Dibowsky…

El tren delantero del carretón donde este diálogo tenía lugar chocó en aquel momento con una piedra, cortando la nomenclatura de exploradores africanos que con extraordinaria memoria formulaba Max Huber.

John Cort se apresuró a intervenir antes de que su amigo prosiguiera.

— ¿Es decir, que esperabas que en nuestro viaje ocurriera otra cosa?

— ¡Eso mismo!

— ¿Algo imprevisto?

—Más que imprevisto…

— ¿Extraordinario?

— ¡Eso mismo! Te aseguro que todavía no he tenido oportunidad de verificar la afirmación de los antiguos: «La portentosa África».

—Por lo que veo es más difícil satisfacer a un francés que a…

— ¿Un norteamericano? Puede ser, John. Por lo menos si nuestro viaje te resulta suficiente…

— Sí.

—Y si vuelves contento…

— ¡Contentísimo!

— ¿Y crees que quienes lean nuestras memorias se maravillarán por nuestras hazañas?

— ¡Naturalmente!

—Pues me parece que serán lectores muy poco exigentes.

— ¿Te parece que para dar más realce al relato tendríamos que terminar en el estómago de un león o digeridos por un caníbal de los que tanto abundan en estas regiones?

—No quiero llegar a semejante extremo.

— ¿Pero serías capaz de jurar que hemos estado en algún sitio donde jamás puso su planta el hombre blanco?

—No…

— ¿Y bien?

—Eres un exagerado que pretende pasar por virtuoso, amigo mío —dijo el norteamericano—. Yo me declaro satisfecho y no espero de nuestro viaje nada más que lo que ya hemos pasado.

— ¡O sea, nada!

—El viaje todavía no ha concluido, Max. Todavía puede ocurrir algo que te entusiasme.

— ¡Bah! Estamos en la ruta comercial hacia Libreville.

—Eso no significa nada. Todavía pueden pasar muchas cosas.

El carretón se detuvo. Habían llegado al fin de la jornada. La noche ya no tardaría en tenderse sobre la vasta llanura, pues en aquellas latitudes el crepúsculo es muy breve. Por lo demás esa noche la oscuridad sería profunda, pues espesas nubes cubrían el cielo.

El carretón, destinado exclusivamente a trasladar pasajeros, no conducía ni mercaderías ni provisiones. En realidad era poco más que un gran cajón rectangular, colocado sobre dos ejes con ruedas, tirado por media docena de bueyes. En la parte anterior tenía una puerta y lateralmente cuatro pequeñas ventanas, que servían para ventilar y dar luz al interior, que estaba dividido en dos compartimentos. El del fondo estaba reservado a los dos jóvenes que habían sostenido la conversación precedente, un norteamericano —John Cort — y un francés —Huber—. En la cámara anterior viajaban un comerciante portugués llamado Urdax y el guía nativo, un indígena del Camerún a quien conocía como Khamis.

Tres meses antes ese vehículo había partido de Libreville, dirigiéndose hacia el Este, por las llanuras del río Ubanghi, más allá del Baharel Abiad, uno de los tributarios que vierten sus aguas en el sur del lago Chad.

En aquella extensa región que era inexplorada aún, poblada por tribus salvajes y belicosas, había todavía antropófagos que por costumbre antiquísima saciaban sus bestiales instintos en prisioneros y cautivos, por lo que el portugués Urdax se había visto forzado varias veces a cambiar el uso de los fusiles que llevara para cazar elefantes y destinarlos a defenderse de los feroces congoleses.

La expedición había sido afortunada. Ninguno de sus miembros había quedado tendido para no volverse a levantar, y regresaba con todo el personal subalterno ileso.

En uno de los poblados cercanos al Baharel Abiad, John Cort y Max Huber habían podido salvar a un niño de diez años de correr la horrenda suerte de los prisioneros, arrancándolo de las garras de aquellos salvajes caníbales a cambio de unas baratijas. El pequeño, huérfano de padre y madre, se llamaba Llanga, y demostraba un afecto y una fidelidad canina hacia sus salvadores. Esto había ocurrido durante una expedición anterior de los dos amigos, que desde entonces no se separaban del niño.

Cuando el carretón se detuvo, los bueyes, agotados, se dejaron caer en su sitio, y cuando los blancos descendieron, el pequeño Llanga se les acercó corriendo.

— ¿No te sientes fatigado? —le preguntó John, acariciándole la cabeza.

— ¡No… tengo buenas piernas!

— ¡Pues bien! ¡Es hora de comer! —le recordó Max.

— ¡Oh, sí! Tengo apetito…

Con estas palabras, el negrito salió a parlotear con los cargadores de la caravana.

Si el carretón servía exclusivamente para llevar a John Cort, Max Huber, Urdax y Khamis, el marfil recolectado y la carga general estaban confiados a los portadores negros, medio centenar de hombres robustos y alegres, que acababan de depositar todo en tierra para preparar el campamento.

Una vez que todo estuvo ordenado a la luz de los magníficos tamarindos que rodeaban al campamento, el guía, que oficiaba de capataz, se aseguró que los distintos grupos de cargadores tenían todo lo necesario para cenar. Numerosas hogueras fueron encendidas y se pusieron a asar los cuartos de antílopes cazados durante la jornada. Pronto cada uno dio pruebas de un apetito envidiable, rivalizando con su vecino en cantidad de carne ingerida.

Resulta inútil aclarar que si bien los negros llevaban la carga general de la expedición, las armas y municiones seguían a los jefes y eran transportadas en la carreta, a mano para cualquier eventualidad.

Una hora más tarde la comida concluyó y la caravana, los estómagos llenos y los cuerpos fatigados, se entregó al reposo.

Antes de retirarse, el guía estableció cuartos de guardia; pese a que estaban ya cerca de la costa, era necesario cuidarse siempre de los seres hostiles que podían rondar el campamento, tanto de cuatro patas como de dos. Al respecto, tanto Khamis, el guía, un nativo delgado pero fuerte, de treinta y cinco años de edad, valeroso y experimentado, como Urdax, el comerciante portugués, un hombre de cincuenta años, muy vigoroso aún, prudente y conocedor de su oficio, ofrecían una verdadera garantía de seguridad a los dos jóvenes.

Los tres blancos cenaron bajo la copa de uno de los tamarindos, sentados sobre las prominentes raíces. Mientras comían, hablaban, y siguieron haciéndolo cuando la cena concluyó. El tema, como todas las noches, se relacionaba con la ruta a seguir para recorrer los dos mil kilómetros que faltaban para llegar a Libreville.

—Desde mañana —dijo por fin Urdax— tendremos que seguir hacia el suroeste…

—Y eso es más indicado que proseguir hacia el sur, pues según veo hay una selva impenetrable en esa dirección —exclamó Max Huber, señalando mientras hablaba.

—Inmensa —afirmó el portugués—. Si siguiéramos su lindero este, tardaríamos meses en llegar a destino.

—En cambio hacia el oeste…

—Sin alejarnos mucho de la ruta habitual, encontraremos nuevamente al Ubangui en los alrededores de los rápidos de Zongo.

— ¿Y si cruzamos la jungla…no abreviaremos el viaje? —inquirió entonces el francés.

—Sí, por lo menos un par de semanas.

— ¿Y en tal caso… que nos impide lanzarnos a través de la foresta?

—Es que se trata de una selva impenetrable.

— ¡Vamos! ¡No será para tanto!

—Para un grupo de caminantes, puede que la jungla tenga senderos practicables, pero con vehículos es absolutamente infranqueable.

— ¿Y dice usted que nadie ha intentado jamás recorrer esta selva virgen? —era evidente que Max se interesaba cada vez más.

— ¡Un momento! —John Cort intervino advirtiendo que aquello pasaba a mayores—. ¡No pensarás introducirte en semejante foresta! ¡Podemos considerarnos felices si alcanzamos a rodearla!

— ¿No tienes interés en averiguar qué misterios se encierran entre esos troncos añosos?

— ¿Qué quieres hallar, amigo mío? ¿Reinos desconocidos? ¿Ciudades encantadas? ¿Animales de especies desconocidas? ¿O acaso seres humanos con tres piernas en lugar de dos?

— ¿Por qué no? ¡Todo puede ser!

Llanga escuchaba la conversación, con sus grandes ojos atentos a los movimientos de Max Huber, como si hubiera querido decirle que estaba dispuesto a seguirlo hasta el fin del mundo.

—En todo caso —prosiguió John —, puesto que Urdax no tiene intenciones de atravesar la selva para llegar a las costas del Ubangui…

— ¡Eso sería muy peligroso! —terció el portugués—. ¡Nos expondríamos a no volver a salir!

—Ya ves, querido Max. Pero me parece que ya es hora de dormir. Aprovecha y sueña que entras en esa tierra misteriosa y la recorres… soñando.

— ¡Ríete de mí! ¡Era lo único que me faltaba… provocar risa a mis amigos! Pero recuerda lo que dijo cierto poeta: «Huye hacia lo desconocido en busca de algo nuevo.»

— ¿Realmente dijo eso, Max? ¿Y cómo sigue?

—Lo he olvidado.

— ¡Pues olvídate también lo que sabes y vete a dormir!

El consejo era inmejorable. Los viajeros acostumbraban a pernoctar al aire libre siempre y cuando no amenazara lluvia. Así, pues, los dos amigos se envolvieron en las mantas que les llevó Llanga y cerraron los ojos.

Urdax y Khamis por su parte, antes de retirarse a descansar dieron una última vuelta por el campamento, para asegurarse que todo marchaba bien. Luego se acostaron también ellos, confiando en los centinelas.

Pero el silencio y la tranquilidad reinantes parecieron contagiar a los que estaban encargados de velar por la seguridad del campamento, y también se reclinaron bajo los árboles, quedando profundamente dormidos.

Por esta razón nadie pudo ver ciertos resplandores sospechosos que se desplazaban entre la foresta, a cierta distancia de su límite exterior.

2. LOS FUEGOS MOVEDIZOS.

El campamento estaba a dos kilómetros del lugar donde se producían aquellos fuegos misteriosos. Se trataba de luces rojizas, que saltaban, cambiaban de lugar y se movían, reuniéndose y alejándose. ¿Se trataría de una banda de indígenas acampados en aquel sitio durante la víspera? Esas luces no podían ser hogueras a causa de su movilidad, pero era de presumir que una docena de negros con antorchas producirían aquel extraño efecto, vistos desde cierta distancia.

Eran aproximadamente las veintidós y treinta, cuando el pequeño Llanga despertó. No cabe duda que hubiera vuelto a dormirse de no haberse dado vuelta precisamente en dirección del bosque. De inmediato sus ojos, cargados de sueño, se abrieron enormemente. Incorporándose a medias, se frotó el rostro con las manos y volvió a mirar, parpadeando. No cabía duda. No se engañaba: en el lindero de la selva se movían llamas que iluminaban débilmente.

De inmediato el niño pensó que la caravana estaba por ser atacada; esto fue instintivo en él, en relación con su amarga experiencia anterior.

Sin embargo, antes de despertar a sus dos amos blancos, se arrastró hacia el carretón sin hacer ruido y cuando estuvo junto al guía, lo llamó suavemente.

Khamis, que tenía sueño liviano, abrió los ojos y lo interrogó con la mirada. El pequeño, sin hablar, señaló hacia la jungla, donde danzaban aquellas misteriosas luces.

— ¡Urdax!— llamó el africano con voz firme.

El portugués era hombre acostumbrado a dormir con cuatro sentidos alerta. De un salto estuvo de pie, alerta y vigilante.

— ¿Qué ocurre?

— ¡Mire!

El guía señaló hacia los fuegos que se multiplicaban en el sombrío borde de la foresta.

— ¡Atención! —gritó el comerciante, con toda la fuerza de sus pulmones. Segundos después todo el campamento había despertado, y nadie pensó en recriminar a los centinelas por su falta de atención, pues el peligro parecía demasiado cercano para perder tiempo en tonterías.

Max Huber y John Cort se unieron al portugués y el guía.

Debe ser una gran reunión de nativos —dijo Urdax con acento preocupado —. Probablemente de esos Budjos, que viven en las costas del Congo y del Ubangui.

—Seguramente. Esas llamas no se han encendido solas… —asintió Khamis.

—Evidentemente alguien tiene que mover las antorchas de un lado para el otro— exclamó John Cort.

—Sin embargo, no se vislumbra el contorno de ningún cuerpo —afirmó Max, entrecerrando los ojos para ver mejor.

—Es que están detrás de los primeros árboles —observó el guía.

—Pero no se desplazan en una sola dirección… van y vuelven —prosiguió diciendo el francés.

— ¿Qué piensa usted? —preguntó John al portugués.

—Creo que estamos a punto de ser atacados por una banda de nativos. Debemos prepararnos inmediatamente para la defensa.

— ¿Pero por qué esos indígenas no cayeron sobre nosotros cuando dormíamos?

—Los africanos tienen extrañas costumbres pero en definitiva son peligrosos como panteras negras.

— ¡Buen trabajo tendrán nuestros misioneros! —comentó Max fríamente.

—Por eso mismo conviene que nos mantengamos alerta —insistió Urdax.

Sí. Había que estar preparado y defenderse hasta morir, pues las tribus ribereñas del Ubangui no eran misericordiosas con sus prisioneros.

Resultaba preferible caer con las armas en las manos a ser tomados prisioneros; ninguna crueldad era poca para las hordas de guerreros negros, de refinado salvajismo.

En un instante los tres blancos y el guía se proveyeron de rifles y revólveres, buscaron cartucheras llenas de municiones y armaron a una docena de portadores de reconocida fidelidad con el resto de los fusiles y carabinas.

Al mismo tiempo Urdax ordenó a sus hombres que se refugiaran tras de los grandes tamarindos de espeso follaje, para ampararse de las flechas, cuyas puntas estaban frecuentemente envenenadas.

Así preparados, esperaron. Ningún sonido llegaba desde el gran bosque. Los fuegos seguían mostrándose en constante movimiento, y por momentos se multiplicaban.

—Parecen antorchas resinosas paseadas por el borde de la selva — aventuró Urdax.

—Seguramente —asintió Max—, pero no alcanzo a comprender por qué no se quedan quietos y nos atacan…

—Y en caso de que no lo hagan, quisiera saber por qué se mantienen en ese sitio, sin marcharse ni acercarse —agregó John Cort.

Era inexplicable. Claro que tampoco había mucho de qué asombrarse, tratándose de los degradados habitantes del Ubangui.

Transcurrió otra media hora sin aportar cambio alguno a la situación.

El campamento se mantenía sobre ascuas. Las miradas de todos se dirigían hacia el este y el oeste, tratando de perforar las sombras. Mientras las antorchas saltarinas distraían a los guardias, era posible que se produjera un ataque por los flancos. Sin embargo tampoco esto ocurría, y los nervios de los expedicionarios estaban cada vez más resentidos.

Poco después, y eran ya las veintitrés, Max Huber se dirigió a sus compañeros con voz resuelta:

—Vamos a reconocer a nuestros enemigos.

— ¿No convendría esperar a que amanezca? —inquirió John Cort, más práctico y prudente.

—Paciencia… paciencia… —exclamó el francés, moviendo las manos— ¡Siempre haciéndonos esperar hasta el último momento!

— ¿A usted qué le parece? —John se dirigió al comerciante portugués, más experimentado en semejantes lances.

—Puede que convenga prestar atención a la propuesta de Max. Naturalmente, procediendo con muchas precauciones.

—Si nadie se opone, yo iré en descubierta —se ofreció el francés.

—Y yo lo acompañaré —agregó el guía.

—Es lo mejor —aprobó el portugués.

—No… me parece que será mejor que vaya también yo —dijo John Cort, resueltamente.

—Sería demasiada gente. Alguien tiene que quedar en el campamento —lo interrumpió Max Huber— No iremos demasiado lejos, y si descubrimos actividades sospechosas, regresaremos de inmediato.

—Lleven las armas preparadas.

—Así lo haremos —repuso Khamis—, pero espero que no necesitemos utilizarlas para nada…

—Tienes razón. Lo esencial es que no sean descubiertos —agregó Urdax.

Max Huber y Khamis se alejaron, desapareciendo entre las espesas tinieblas apenas a un centenar de pasos de las hogueras del campamento.

Acababan de recorrer cincuenta metros más, cuando advirtieron que el pequeño Llanga los había seguido.

— ¡Eh! ¿Qué haces aquí? — preguntó el guía al niño.

—Yo… ir con señor Max —repuso aquél.

—Pero el señor John quedó en el campamento. Vete a acompañarlo. Tal vez te necesite.

— ¿Señor Max correr peligro tal vez, sí? —exclamó vivamente en su pintoresco lenguaje el protegido de los dos amigos—. ¡Señor John, no!

— ¡No te necesitamos! —le dijo entonces Khamis con acento algo duro—. ¡Vuelve al campamento!

—Dejémoslo venir —intervino entonces el francés, enternecido por el afecto que le demostraba el chico—. Ya que ha llegado hasta aquí, bien puede acompañarnos. No creo que haya peligro alguno para él.

— ¡Oh! ¡Yo ver mucho de noche! —le aseguró Llanga.

—Eso nos servirá. Abre los ojos.

Los tres siguieron avanzando. Media hora después estaban a mitad camino entre el campamento y la selva.

Los resplandores que produjeron aquel estado de alarma en los expedicionarios eran más vivos a causa de la menor distancia, pero pese a la aguda visión de Llanga y Khamis y a los binóculos de campaña utilizados por Max, nada se vislumbraba fuera de las luces mismas.

Esto confirmaba la opinión del portugués, que creía que los portadores de las antorchas se encontraban tras de los grandes árboles de la foresta. Tal vez esos nativos no pensaban salir de allí.

En verdad aquello era cada vez más inexplicable. Si se trataba de una mera reunión de negros que planeaban pernoctar pacíficamente y seguir viaje al otro día, ¿por qué iluminaban así la selva? ¿A qué ceremonia nocturna estaban dedicados?

—Me pregunto si saben que estamos acampados cerca de ellos —murmuró Max Huber.

—Supongo que sí. Aunque hayan llegado después de la puesta del sol, nuestras hogueras deben de haberles advertido. Mañana sabremos sus intenciones mejor…

—Si es que todavía estamos aquí después que haya amanecido…

La marcha fue reanudada en silencio. Por fin se encontraron a medio kilómetro del límite de la jungla.

Nada sospechoso se advertía en aquel sitio, iluminado por el reflejo de las antorchas. Pese a la luz, no se veía a ser humano alguno.

— ¿Nos acercamos más? —inquirió Max a compañero, cuando se detuvieron por segunda vez.

— ¿Para qué? —repuso Khamis —. ¿No resultaría imprudente? Quizá esos hombres no tengan intenciones belicosas y al vernos se despierten sus instintos guerreros.

— ¡Sin embargo me hubiera gustado estar seguro! —murmuró el francés —. Esto es algo singular…

Nada más era necesario para despertar su viva imaginación. El guía, comprendiéndolo así, insistió:

—Regresemos al campamento. . . —pero ya Max habíase puesto nuevamente en marcha, forzando a sus dos compañeros a seguirlo.

Sin embargo habían recorrido un centenar de metros, cuando Khamis exclamó:

— ¡Ni un paso más!

¿Qué había descubierto aquel hombre acostumbrado a los bosques?

¿Un grupo de indígenas hostiles? Lo cierto era que se acababa de producir un brusco cambio en la disposición de las luces que brillaban entre los árboles.

Por un momento las llamas desaparecieron tras la cortina vegetal, y las tinieblas se tornaron profundas.

— ¡Atentos! —exclamó Max.

— ¡Retrocedamos! —repuso Khamis.

¿Convenía acaso batirse en retirada bajo la amenaza de una inmediata agresión? ¿No era mejor enfrentar a los posibles atacantes?

De pronto las luces volvieron a iluminar la noche. Pero esta vez no se trataba de resplandores a nivel del suelo, que podían tomarse por antorchas en movimiento. Ahora brillaban a una altura de treinta o cuarenta metros.

— ¡Diablos! —comentó Max—. ¡Esto es extraordinario! ¿Serán fuegos fatuos?

Pero esta explicación no resultó plausible para Khamis, que sacudió la cabeza. Pero entonces… ¿significaba aquello que los indígenas acampados al pie de los árboles habían trepado a las ramas más elevadas?

¿Con qué fin?

— ¡Sigamos avanzando! —insistió el francés.

—Sería inútil. Nuestro campamento se halla amenazado por ahora. No quisiera que pasen temores por nosotros… regresemos.

—Pero si averiguamos lo que ocurre podremos tranquilizar mejor a nuestros compañeros…

—No me convence su idea. No nos aventuremos más adelante… estoy seguro que una tribu íntegra se ha reunido en las lindes de la selva. ¿Por qué encendieron esas antorchas? ¿Para qué han trepado a la copa de los árboles? ¿Por temor a las fieras?

— ¿Qué fieras? No hemos oído ningún rugido… ¡el más mínimo grito que indicara la presencia de animales salvajes! ¡Yo quiero saber qué ocurre Khamis!

Y seguido por Llanga, Max Huber avanzó algunos pasos más, mientras el guía lo llamaba vanamente.

De pronto, el francés se detuvo. Las antorchas, como extinguidas por un soplo súbito, habían vuelto a apagarse. Una oscuridad profunda, sombría, cubrió todo.

Del extremo opuesto, un rumor lejano, irreconocible, se propagaba a través del espacio, verdadero concierto de mugidos prolongados, trompeteos nasales y estruendos crecientes.

¿Era acaso una tormenta ecuatorial que llegaba con la imprevista rapidez de aquellas latitudes?

¡No! Esos mugidos característicos traicionaban el origen animal de todo aquello. No se trataba de una tormenta sino de algo mucho más peligroso y terrible.

— ¿Qué es eso, Khamis? —preguntó Max Huber.

— ¡Volvamos al campamento! —repuso el guía.

— ¿Qué? ¿Acaso…?

— ¡Sí! ¡Vamos pronto… antes de que sea demasiado tarde!

3. EL DESASTRE.

Max, Llanga y Khamis no tardaron más de quince minutos en franquear los dos kilómetros que los separaban del campamento. Corriendo, no se molestaron en volverse una sola vez para mirar hacia atrás, pues por parte de los indígenas subidos a las copas de los árboles reinaba una tranquilidad absoluta. El peligro llegaba de otra dirección.

El campamento, cuando los dos hombres y el niño llegaron, estaba dominado por un terrible temor, completamente justificado frente a un peligro contra el que nada valían el valor, la habilidad y la inteligencia.

¿Enfrentarlo? Imposible. ¿Huir? ¿Es que acaso tenían tiempo de huir?

Max y Khamis se unieron inmediatamente a John Cort y Urdax, que estaban cincuenta pasos más allá del campamento.

— ¡Una manada de elefantes asustados! —gritó el guía.

—Sí —repuso el portugués—, ¡y dentro de quince minutos estarán aquí!

—Vayamos al bosque ——sugirió John.

—No se detendrán —afirmó el guía.

— ¿Qué ocurrió con los indígenas que estaban allí? —quiso saber John.

—No pudimos saberlo —explicó Max.

— ¡Pero no pueden haberse marchado tan pronto!

—Naturalmente que no.

A lo lejos, a unos dos mil quinientos metros, se divisaba una ancha línea oscura y ondulante, que se desplazaba a regular velocidad. El sonido se hacía cada vez más fuerte, semejante a un trueno que crecía de volumen, mezclado con trompeteos amenazadores. Los viajeros del África Central han comparado justamente este sonido al ruido que hace una batería de cañones en movimiento sobre una carretera de empedrado irregular. A esto debe agregarse el sonido desgarrador de las trompetas tocadas con toda fuerza. Es de imaginar el terror de la caravana, amenazada por la horda de furiosos elefantes…

Si Urdax había podido preparar una defensa contra el posible ataque de indígenas hostiles… ¿estaría en condiciones de idear algo para proteger al campamento de las moles irracionales que lo amenazaban?

Parecía difícil.

— ¡No podemos perder tiempo! —gritaba Khamis—. ¡Tenemos que huir de inmediato!

— ¡Huir! —repitió el portugués, comprendiendo que en aquella palabra se encerraba su ruina, pues se vería forzado a abandonar todo lo recogido durante la expedición. Por lo demás, permanecer en el campamento sería un verdadero suicidio.

Max y su amigo esperaron a que el portugués y el guía adoptaran una resolución para seguirla de inmediato. Entretanto, los elefantes se aproximaban; el tumulto era tan fuerte que ya nada podía oírse.

El guía repitió su consejo: era necesario alejarse de inmediato.

— ¿En qué dirección? —preguntó Max.

—Rumbo a la selva.

— ¿Y los indígenas?

—El peligro es menor allá que aquí —repuso sencillamente Khamis.

¿Quién podía afirmar algo en contra? Por lo menos existía la certeza de que, no era saludable permanecer en aquel sitio.

Todos esperaban una orden de Urdax, virtual jefe de la expedición. Por fin, el portugués, agobiado por sus preocupaciones preguntó:

— ¿Y el carretón?

— ¡Habrá que abandonarlo! ¡Es demasiado tarde! —repuso Khamis.

En efecto, tras romper sus ataduras, los bueyes habían echado a correr enloquecidos, dirigiéndose en su pánico hacia la masa de elefantes, que los aplastaría como moscas. Al ver lo que ocurría, Urdax trató de recurrir al personal de la caravana.

— ¡A ver! ¡Los portadores! ¡Aquí! —gritó.

Pero los negros, cargando bultos y colmillos de elefantes sobre sus cabezas, corrían hacia el oeste abandonando a sus amos.

— ¡Cobardes! —exclamó John Cort, enojado.

Pronto en el campamento quedaron tan sólo los tres blancos, el guía y el pequeño Llanga.

— ¡El carretón! … ¡El carretón!… —repetía Urdax con desesperación, empujando el vehículo hacia el macizo de tamarindos en la esperanza de salvarlo. Khamis se encogió de hombros y fue a ayudarlo. Por fin, gracias a la colaboración de John Cort y Max Huber, el carretón quedó junto a los árboles. Si la manada de elefantes no seguía en línea recta, aún existía una posibilidad de salvarlo.

Pero esta tarea duró algunos minutos, y cuando estuvo concluida, ya era demasiado tarde para intentar llegar hasta el bosque. Los elefantes estaban demasiado cerca.

Khamis, que conocía muy bien la extraordinaria velocidad que pueden alcanzar esos animales, calculó la distancia y gritó:

— ¡A los árboles!

Aquella era la única posibilidad de salvación que tenían: trepar a los colosos de la selva y esperar que la manada se apartara al llegar ante aquel obstáculo.

Antes de hacerlo Max y John entraron en el carretón y se cargaron con todos los paquetes de municiones que había, en tanto que Khamis buscaba el hacha y un machete.

En el largo camino que les faltaba por recorrer, necesitarían todo aquello…

John Cort, con una sangre fría a toda prueba, verificó la hora a la luz de un fósforo. Max, más nervioso, miró hacia la enorme masa ondulante que se acercaba.

— ¡Se necesitaría artillería pesada! —murmuro.

Khamis, por su parte, aguardaba con el aire impertérrito de africano de sangre árabe. Dos revólveres en la cintura, el fusil cruzado en bandolera, hacha y machete colgando del cinturón, se había cruzado de brazos.

En cuanto al portugués, incapaz de ocultar sus sentimientos, se quejaba más por las pérdidas materiales que aquella situación le reportaría, que por los peligros físicos que iba a correr. Así, gemía, maldecía y juraba volublemente.

Llanga se había pegado a Max y John, sin demostrar miedo alguno.

En su alma de niño creía firmemente que bastaba la presencia de sus protectores para que todo saliera bien.

Ya había llegado el momento de trepar a los árboles. Tal vez la manada pasaría sin haber visto a aquellos intrusos.

Los tamarindos se alzaban hasta treinta o cuarenta metros de altura, y estaban suficientemente cerca el uno del otro como para que sus ramas superiores se tocaran, llegando a entrelazarse.

El guía se apresuró a arrojar varias cuerdas de cuero de rinoceronte trenzado, utilizadas para mantener juntos a los bueyes, y pasarlas por las ramas superiores de los tamarindos para poder trepar mejor. Así pronto los dos blancos y el pequeño Llanga estuvieron en un árbol y el portugués con el guía en otro vecino.

La manada de elefantes había llegado a trescientos metros de distancia del campamento; un par de minutos más y los animales alcanzarían el macizo de tamarindos.

— ¿Qué tal, amigo mío? —inquirió John Cort irónicamente—. ¿Estás satisfecho?

—En lo más mínimo. Esto es algo ordinario… común.

—No creas, Max. Si llegamos a salir con vida de este lance, será una aventura realmente excepcional. Lo común resultaría que muriéramos todos.

— ¡Caramba! ¡Me parece que después de todo tienes razón! Creo que sería preferible que los elefantes tomaran otro rumbo en lugar de venirnos a amenazar con sus enormes trompas, patas y colmillos…

—Por una vez estamos en un todo de acuerdo, Max…

La respuesta del francés quedó ahogada por el estruendo horroroso de los elefantes avanzando hacia el campamento. Al mismo tiempo resonaron mugidos de dolor que hicieron estremecer a todos.

Apartando el follaje, Urdax y Khamis miraron. A un centenar de pasos del macizo los bueyes que huyeran despavoridos habían chocado contra aquella muralla en movimiento, siendo arrollados por las poderosas patas de los paquidermos. Uno solo consiguió cambiar de dirección y huyó en dirección de los tamarindos. Los elefantes, enardecidos, persiguieron a la pobre bestia, llegando bajo las copas de los dos árboles donde estaban refugiados los expedicionarios, terminando así con cualquier esperanza que éstos se hubieran forjado de verlos alejarse.

En un instante la carreta quedó aplastada, reducida a verdaderas astillas, en tanto que el desdichado buey, falto de aliento, caía también bajo las patas de aquellos poderosos señores de la selva virgen, desapareciendo de la vista de los hombres que estaban refugiados en lo alto de los tamarindos.

El portugués comenzó a maldecir en alta voz, pero ningún sonido alcanzó a escucharse, tanto era el ruido que hacían los elefantes enloquecidos.

Ni siquiera pudo oírse el disparo del rifle del desesperado comerciante, que comenzó a descargar sus armas sobre los rugosos lomos de los paquidermos.

Max y John se miraron consternados. Admitiendo que cada bala aniquilara a un elefante, lo que era prácticamente imposible, hubiera resultado igualmente imposible terminar con aquella manada, integrada por un millar de animales.

—Esto se complica —comentó el norteamericano.

—Digamos que empeora —lo corrigió su amigo. Luego miró al niño negro y le preguntó—: ¿No tienes miedo, Llanga?

—Estando con ustedes Llanga no teme a nada —fue la valiente respuesta.

— Entretanto no cabía duda que los elefantes habían descubierto a los hombres refugiados en lo alto de los tamarindos. Mientras los que estaban en las últimas filas empujaban a los de las primeras, el círculo se estrechaba. Una docena de animales procuraba arrancar de raíz los árboles, en tanto que otros trataban de enlazar con la trompa las ramas bajas para atraerlas hacia ellos. Por fortuna los tamarindos eran fuertes y parecían capaces de resistir la carga de los colosos. Desgraciadamente, llevados por la desesperación, los expedicionarios dispararon al unísono sus armas contra aquellos rugosos lomos que se movían como las olas de un mar embravecido. De inmediato se alzó un coro de barritos impresionantes, pese a que ningún paquidermo se desplomó.

Entonces un nuevo choque sacudió con mayor violencia a los fuertes tamarindos, que crujieron peligrosamente.

Otros dos tiros resonaron de inmediato. Eran el portugués y el guía que disparaban sus rifles; Max y John se limitaron a aferrarse con mayor ahínco a sus ramas, convencidos de la inutilidad de hacer fuego contra aquella horda de colosos imposibles de derrotar.

—Reservemos nuestras municiones —sintetizó Max—. No sabemos si podemos llegar a necesitar hasta el último cartucho.

—Siempre y cuando salgamos de aquí con vida —agregó John.

Entretanto, el tamarindo en que estaban refugiados Urdax y Khamis volvió a ser sacudido con tanta violencia que pareció a punto de resquebrajarse de arriba a abajo.

Evidentemente sus raíces resistían, pero no seguirían haciéndolo por mucho tiempo. Permanecer en la copa de ese árbol era un verdadero suicidio.

— ¡Debemos pasar a otro árbol! —gritó Khamis a Urdax.

El portugués había perdido la cabeza y no respondió, limitándose a disparar primero su rifle y luego los revólveres contra los enfurecidos elefantes.

— ¡Vamos! —repitió el guía. En ese momento el tamarindo recibió una segunda y más violenta sacudida. Khamis, sin dudar más, saltó hacia una rama del árbol donde estaban refugiados Max y su amigo, con el pequeño Llanga.

— ¿Y Urdax? —gritó John Cort.

—No ha querido seguirme… —jadeó el guía—. Está enloquecido…

— ¡En tal caso hay que ir a buscarlo! —exclamó el norteamericano.

—Sí. De lo contrario caerá a tierra —agregó Max.

— ¡Demasiado tarde! —gimió entonces Khamis.

En efecto. Era demasiado tarde. Arrastrado una última y violenta carga, el tamarindo cayó estrepitosamente.

Ninguno de los hombres que estaban en el segundo tamarindo supo con certeza lo que le ocurrió a Urdax. Sus gritos indicaron que se debatía entre las patas de los elefantes, pero casi de inmediato cesaron.

Todo había concluido para el desdichado.

— ¡Pobre hombre! —murmuró entristecido John Cort.

—Ahora nos toca a nosotros —repuso Khamis.

—Eso sería también muy lamentable —observó fríamente Max.

—Una vez más estoy de acuerdo contigo —dijo John.

¿Qué hacer? Los elefantes habían comenzado a sacudir los otros árboles, agitados como si hubieran sido sometidos a la acción desencadenada de los elementos furiosos. ¿Acaso el horrible fin de Urdax estaba reservado también a los demás? ¿Tendrían tan sólo algunos minutos más de vida? ¿Les sería posible abandonar su refugio arbóreo y buscar otro lugar más seguro? Pero si llegaban a descender en procura del abrigo que ofrecía la selva próxima… ¿podrían alcanzarla?

El árbol continuaba oscilando, en forma cada vez más brusca y acentuada; pronto los hombres se vieron forzados a aferrarse con fuerza para no caer, en tanto que Llanga hubiera sido víctima de los furiosos paquidermos de no haberlo sostenido Max con su fuerte mano izquierda, mientras mantenía su derecha cerrada sobre una gruesa rama.

Pero aquello no podía prolongarse. De un momento a otro las raíces cederían o el árbol se quebraría en la base.

Los embates prosiguieron y el tamarindo se dobló peligrosamente.

— ¡Corramos al bosque! —gritó Khamis angustiado.

Los elefantes se habían alineado en un solo frente para poder atacar mejor al árbol. Del otro lado no había ningún paquidermo; esto favoreció a Max y sus compañeros. Primero se descolgó el guía, y tras él saltaron velozmente a tierra los dos amigos con el niño.

Luego echaron a correr con toda la velocidad que les resultó posible.

Max cargaba al niño en brazos y John se mantenía a su lado, con el rifle listo para entrar en acción. Khamis por su parte abría la marcha.

Acababan de recorrer medio kilómetro cuando una docena de elefantes advirtió la fuga lanzándose a toda marcha tras ellos.

— ¡Animo! —gritó el guía—. ¡Mantengamos nuestra ventaja y llegaremos! Llanga advirtió que el generoso Max se fatigaba más que los otros.

—Déjame, amigo Max —rogóle—. ¡Déjame, que Llanga tener buenas piernas!

Pero el francés no se molestó en contestarle y siguió corriendo llevándolo en sus brazos.

Un kilómetro quedó atrás sin que los paquidermos hubieran conseguido sacar ventaja alguna. Por desgracia la velocidad de los fugitivos iba disminuyendo. Todos jadeaban, fatigados por aquella carrera enloquecedora a través de un terreno absolutamente irregular.

La selva no estaba ya a más de doscientos metros de distancia y todos se convencieron que su espesura era el único obstáculo que podría detener a los monstruosos paquidermos.

— ¡Rápido! ¡Rápido! —insistió el guía—. Deme a Llanga, señor Huber.

—No. ¡Lo llevaré hasta el fin!

Uno de los elefantes estaba a menos de doce metros de ellos y se acercaba cada vez más. Ya se sentía hasta el calor del aliento que surgía de la extendida trompa. Un minuto más, y Max Huber con el niño caerían bajo las patas del coloso.

Entonces John Cort dio una demostración de su extraordinaria pericia y sangre fría. Deteniéndose apoyó una rodilla en tierra, apuntó un instante hacia el paquidermo, y disparó.

La bala del rifle penetró en el ojo derecho del elefante, alcanzando el cerebro de la bestia y matándolo inmediatamente.

¡Un tiro con suerte! —murmuró John entre dientes, echando a correr nuevamente.

Los demás paquidermos llegaron junto a su congénere y se detuvieron un momento, proporcionando así un respiro a los hombres que huían.

En la jungla no había vuelto a verse fuego alguno, ni a nivel ni sobre los árboles. Todo se confundía con el perímetro del oscuro horizonte.

Agotados, jadeantes, cubiertos de transpiración, los tres hombres parecieron desfallecer a cincuenta pasos de la salvación.

— ¡Vamos! ¡Vamos! —repetía Khamis.

Los elefantes habían reiniciado la persecución y estaban cada vez más cercanos. Pero el instinto de conservación es más poderoso que la fatiga, y Khamis, Max y John consiguieron llegar al refugio ofrecido por los primeros árboles, dejándose caer a tierra apenas franquearon aquella salvadora muralla.

En vano los elefantes trataron de alcanzarlos. La jungla era demasiado impenetrable para sus cuerpos gigantescos.

Los fugitivos estaban a salvo... por lo menos en cuanto a los elefantes se refería. Ante ellos, densa, impenetrable, misteriosa, se extendía la selva de Ubangui.

4. HACIA EL UBANGUI.

Cuando los expedicionarios llegaron a la foresta, era casi medianoche.

Tras descansar un rato rodeados de la más inmensa oscuridad, comenzaron a inquietarse. Habían escapado de un terrible peligro, pero ignoraban si estaban por caer en otro. En medio de la noche habían visto subir a los árboles las misteriosas antorchas que iluminaran la selva, para extinguirse luego... ¿Dónde estaban los indígenas que debían de haber acampado allí? ¿No se produciría una agresión al rayar el alba?

—Debemos vigilar —dijo el guía cuando recuperó el aliento.

—Sí —asintió John Cort—. Corremos peligro de ser atacados en cualquier momento... alcanzo a vislumbrar los restos de una hoguera...

En efecto. A cinco o seis pasos de ellos, al pie de un árbol, se veían brillar varios tizones encendidos aún.

Max Huber se levantó y preparando su carabina fue a revisar los alrededores. Su ausencia fue muy breve.

—No hay peligro alguno —anunció cuando regresó—. Esta parte de la jungla está totalmente desierta. Los indígenas deben de haberse marchado.

—Tal vez se fueron cuando vieron aparecer a los elefantes —observó John Cort.

—Quizás. Los fuegos que vislumbramos se extinguieron cuando el señor Max y yo oímos los primeros barritos de esos animales —afirmó Khamis—. No alcanzo a comprender. Esa gente tiene que haberse sentido segura detrás de los árboles.

—La noche no es precisamente muy adecuada para buscar razones y motivos, amigos —dijo el francés bostezando—. Confieso que tengo mucho sueño. Los ojos se me cierran solos…

—Este no es momento oportuno para dormir —exclamó John.

—Comprendo tus escrúpulos, pero el sueño no obedece, ordena. ¡Hasta mañana! —y con estas palabras el despreocupado joven se recostó, cerró los ojos y se quedó profundamente dormido.

—Acuéstate también tú, Llanga —dijo suavemente John—. Yo velaré hasta mañana.

—Duerma tranquilo, señor Cort —intervino Khamis—. Yo estoy acostumbrado a la vigilia nocturna y puedo montar guardia sin riesgo de ser sorprendido.

El guía era hombre de absoluta confianza, pero el norteamericano insistió en acompañarlo. Llanga se acurrucó cerca de Max y pronto sumó sus ronquidos a los del francés.

John resistió durante quince minutos pese a que la fatiga lo dominaba.

Khamis no lograba arrancar de su recuerdo la muerte del desdichado portugués, con el que había estado unido por una antigua y sólida amistad.

—El desdichado perdió la cabeza y viéndose abandonado por los portadores y con todo el fruto de su trabajo perdido, no supo qué hacer —dijo por fin.

— ¡Pobre, hombre! —murmuró John.

Estas fueron las dos últimas palabras que alcanzó a pronunciar.

Vencido por el agotamiento físico, se deslizó sobre la hierba y se durmió profundamente.

Solo, los ojos bien abiertos y la diestra cerrada sobre la carabina, Khamis se incorporó para poder vigilar mejor, comenzando a pasearse, listo para despertar a sus compañeros ante la menor señal de peligro que se presentara.

Por fortuna llegó el alba con sus primeras luces sin que nada hubiera turbado el descanso de los tres durmientes. Khamis empero continuó vigilando.

En los capítulos precedentes el lector ha podido formarse una idea fiel de las diferencias de carácter que distinguían a los dos amigos, el francés y el norteamericano. Este último era un joven de espíritu serio y práctico, con todas las virtudes que caracterizan a los hombres de Nueva Inglaterra y ninguno de los vicios comunes en los yanquis. Nacido en Boston, había viajado, mucho pues amaba la geografía y la antropología.

A estos méritos unía un valor extraordinario y una profunda devoción por sus amigos, siendo capaz de llegar a cualquier sacrificio por ellos.

Max Huber, francés típico, nacido en París y conservado sin cambios pese a los azares de la vida que lo llevaran a aquellas tierras lejanas, era la antítesis de su amigo. No cedía un ápice en cuanto a inteligencia y buen corazón, pero carecía de su sentido práctico. Vivía «en verso», en tanto que John Cort lo hacía «en prosa». Su temperamento lo lanzaba en procura de lo extraordinario. Para satisfacer su imaginación era capaz de correr las más alocadas aventuras, y de no ser por su amigo, más reposado y sereno, en más de una oportunidad hubiera dejado el pellejo, desde el momento en que partieron de Libreville rumbo a la selva.

Los dos jóvenes se habían conocido seis años atrás en la pequeña localidad de Glass, villorrio ubicado a corta distancia de Libreville, donde las familias de ambos tenían importantes intereses radicados. Los muchachos trabajaban en puestos de responsabilidad dentro de la misma empresa y habían llegado a conocerse muy bien y estimarse en consecuencia.

Tres meses antes del momento en que tomamos la acción, Max Huber y John Cort habían proyectado visitar la región que se extiende al Este del Congo francés y del Camerún. Cazadores audaces ambos, no vacilaron en unirse al personal de una caravana que estaba a punto de partir de Libreville hacia el país de los elefantes, más allá del Bahar— el—Abiad, en los confines del Baghirmi y el Darfour. El jefe de la caravana era conocido de los dos jóvenes. Se trataba del portugués Urdax, natural de Loango, que era justamente considerado un hábil comerciante.

Urdax formaba parte de aquella sociedad de cazadores de elefantes que Stanley encontró en 1887—1889 cerca de Ipotó, al recorrer el Congo septentrional. Pero el portugués, al contrario de sus colegas, no tenía la mala reputación habitual en los hombres dedicados a tal comercio, que muchas veces estaba manchado por la sangre de incontables nativos, muertos para satisfacer la codicia del hombre blanco.

Por el contrario, Urdax era un digno compañero para los dos jóvenes, que lo aceptaron, haciendo extensiva su confianza al guía, Khamis, que en ninguna circunstancia iba a dar motivos para dudar de su dedicación y su celo.

Ya hemos visto que la cacería había sido feliz; perfectamente aclimatados, John Cort y Max Huber soportaron con singular resistencia todas las penurias comunes en semejante expedición. Al emprender el regreso estaban perfectamente bien, algo delgados pero llenos de entusiasmo, hasta que la mala suerte se interpuso para alterar sus planes.

Ahora faltaba el jefe de la caravana, no tenían equipo ni portadores, y estaban a casi dos mil kilómetros de Libreville.

El Gran Bosque, como lo llamara Urdax, la foresta del Ubangui, justificaba esta denominación.

En las regiones conocidas del globo terrestre existen aún superficies cubiertas por millones de árboles, y sus dimensiones son superiores a la mayor parte de los Estados Europeos.

Entre las más vastas del mundo, se citan cuatro selvas, a saber: la de América del Norte, que se prolonga en dirección septentrional hasta la Bahía de Hudson y la península del Labrador, cubre en las provincias de Quebec y Ontario un área de 2.750 kilómetros de largo por 600 de ancho. La segunda es la de América del Sur, que ocupa el valle del Amazonas, al noroeste del Brasil, parte de Perú, Paraguay, Colombia y Venezuela, con una longitud de 3.300 kilómetros y un ancho de 2.000.

La tercera es la zona boscosa de Siberia, con 4.800 kilómetros a de largo por 2.700 de ancho, cubierta por enormes coníferas, que alcanzan hasta los setenta metros de alto, y que está ubicada en Siberia meridional, más allá de los llanos de la cuenca del Obi, al oeste, hasta el valle des Indighiska, al este, regada por los ríos Yenissei, Yana, Olamk y Lema.

En cuanto a la cuarta zona boscosa, que tiene una superficie difícil de determinar pero que sobrepasa a las otras tres, se extiende en África Ecuatorial, cubriendo el valle del Congo hasta las fuentes del Nilo y el Zambezi. Allí hay todavía una enorme extensión totalmente inexplorada que sobrepasa en más del doble a la superficie de Francia.

Recordemos que el portugués Urdax se había negado a entrar en aquella comarca disponiéndose a bordearla por el norte y el oeste. En verdad la carreta y los bueyes nunca hubieran podido circular en medio de aquel laberinto. En cambio siguiendo el lindero de la jungla, si bien el viaje aumentaba en algunos días, la ruta se tornaba sencilla y fácil, hasta llegar a la orilla derecha del Ubangui, desde donde resultaría muy simple alcanzar el destino final de la expedición.

Pero con los acontecimientos que acabamos de relatar la situación se había modificado totalmente. Ya no tenían los expedicionarios ni carreta ni caravana cargada con mercaderías y elementos que demoraran la marcha entre los árboles. Eran simplemente tres hombres y un niño a dos mil kilómetros de la costa y sin medios de transporte...

¿Qué era lo que convenía hacer? ¿Retomar el itinerario trazado por Urdax, pero en condiciones poco favorables? ¿Procurar el cruce de la selva, con menos riesgo de encontrar salvajes en la ruta, ahorrando así largos kilómetros de camino?

Cuando Max y John despertaron, éste fue el primer problema que se trató de resolver.

Durante las largas horas que precedieron al alba, Khamis montó guardia constantemente. Ningún incidente había turbado el reposo de los dos amigos y el niño, haciendo suponer una posible incursión nocturna por parte de enemigos. Sin embargo, cada sonido que el agudo oído del guía no alcanzaba a catalogar, lo hacía adelantarse hasta el sitio donde se produjera, con los sentidos alerta y las armas listas. Pero nunca paso ninguna alarma de ser producida por el crujido de las ramas secas, el golpe de ala de un pájaro a través de la espesura, el paso de un rumiante o el murmullo del viento en las frondas.

Cuando Max y John abrieron los ojos, lo primero que preguntaron fue por los nativos.

—No aparecieron —repuso Khamis, que parecía haber descansado toda la noche por su aspecto rozagante.

— ¿Hay alguna señal de su paso?

—Es de suponer que sí.

—Veamos…

Se dirigieron los tres, seguidos por Llanga, hasta la linde del bosque.

Las señales dejadas por los nativos eran evidentes: hierbas pisoteadas, restos de hogueras, cenizas, tizones a medio consumir. Pero ningún ser humano a la vista, ni en tierra ni sobre los árboles.

—Partieron… —concluyó Max Huber.

—O por lo menos, se alejaron —afirmó Khamis—. No creo que haya nada que temer.

—Si los indígenas se marcharon, los elefantes no siguieron el ejemplo —observó John Cort.

Así era. Los monstruosos paquidermos seguían rondando enojados el sitio por donde escaparan horas antes sus presuntas víctimas.

Algunos se esforzaban aún en querer derribar los árboles con sus vigorosos enviones, pero la espesura era demasiado para ellos.

Khamis comentó con sus compañeros el estado lastimoso en que quedara el macizo de tamarindos, destrozado y pisoteado por los elefantes como si en lugar de corpulentos árboles hubieran sido hierbas del campo.

Siguiendo el consejo del guía, se retiraron inmediatamente del lindero de la selva, para evitar que los paquidermos volvieran a verlos. Tal vez así los elefantes se marcharan de aquel sitio.

—Si se alejan podremos regresar al campamento para buscar las provisiones y cartuchos que queden —dijo Max Huber—, y enterrar además al pobre Urdax.

—Es imposible soñarlo siquiera mientras los elefantes estén a la vista —repuso Khamis—. Por lo demás, en el campamento no puede haber quedado nada en condiciones de uso. Todo debe de estar destrozado.

Así debía de ser. Y como los paquidermos no demostraban la mejor intención de marcharse, los viajeros resolvieron alejarse ellos de allí.

Mientras caminaban, Max tuvo la buena suerte de matar una hermosa pieza de caza, que les aseguraba la alimentación durante dos o tres días.

Se trataba de un impala, especie de antílope de pelo gris y castaño, de gran talla, con largos cuernos en espiral. La bala lo había alcanzado en el momento en que se deslizaba entre la maleza.

El animal debía pesar por lo menos un centenar de kilos. Al verlo caer, Llanga había corrido alegremente a buscarlo, pero naturalmente el niño no pudo cargarlo.

El guía, acostumbrado a tales menesteres, quitó el cuero al antílope y separó las partes comestibles, que fueron llevadas hasta el sitio donde pasaran la noche y puestos a asar en un fuego que Khamis preparó diestramente.

Las conservas, bizcochos y alimentos envasados que con tanta abundancia contaran los expedicionarios, se habían perdido por completo durante la carga de los elefantes. Por fortuna en las salvajes selvas africanas un cazador diestro no puede padecer hambre, pues abundan los animales comestibles. Es claro que para eso se necesitan armas y municiones; y si bien los expedicionarios disponían de rifles y revólveres de alta precisión, no tenían por desgracia más de doscientos cartuchos entre los tres, pues la mayor parte de su arsenal había quedado aplastado bajo las patas de los paquidermos, entre los restos de la carreta.

Esto era un grave inconveniente, sobre todo si se considera que los primeros seiscientos kilómetros de recorrido que debían realizar era a través de territorio poblado por tribus salvajes y animales de presa.

Una vez que llegaran a la costa derecha del Ubangui la situación cambiaría fundamentalmente, pues podrían reaprovisionarse sin problemas en cualquier aldea costera en una de las numerosas misiones que se escalonan a lo largo de ese río o en las mismas flotillas que descienden por su curso.

Tras haber repuesto sus fuerzas comiendo el exquisito asado preparado por Khamis, bebieron un trago del agua cristalina de un arroyo que corría entre los árboles y se sentaron para discutir el camino que seguirían.

El primero en hablar fue John Cort.

—Hasta ahora hemos obedecido las órdenes de Urdax por la confianza que nos merecía —comenzó diciendo—. Esta confianza es la misma que experimentamos hacia usted, Khamis. Díganos qué es lo que a su parecer conviene que hagamos ahora…

—Así es —afirmó Max Huber—. Hable, que nosotros obedeceremos a sus indicaciones.

—Usted, ha recorrido el país —prosiguió John—. Hace años que guía caravanas con una dedicación que conocernos perfectamente. Hacemos un llamado a esa dedicación y a la fidelidad que siempre ha demostrado.

Sabemos que usted no nos llevará por mal camino.

—Pueden contar conmigo —repuso sencillamente el guía, estrechando las manos de los dos amigos.

— ¿Qué nos aconseja hacer? —inquirió John Cort—. ¿Debemos o no renunciar al proyecto de Urdax de bordear la selva hacia el oeste?

—Habrá que cruzarla —repuso sin vacilar el guía—, estaremos menos expuestos a un mal encuentro; fieras, puede ser, pero nada de indígenas hostiles, que son peores que las fieras. Ni denkas, ni budgos ni pahuinos se han arriesgado jamás a entrar en el Gran Bosque. Los peligros que correríamos en la llanura serían mayores. Repito que en esta foresta, donde una caravana no hubiera podido internarse, tendremos mayores posibilidades de salir con vida que siguiendo cualquier otro camino.

Creo que con un poco de suerte llegaremos bien a los rápidos de Zongo.

Estos rápidos atraviesan el curso del Ubangui en el punto donde el gran río cambia bruscamente de dirección, virando del oeste hacia el sur, y es allí donde la gran selva prolonga su extremo más lejano; así, pues, bastaba a los viajeros seguir aquella dirección para tener la certeza de entrar en contacto con otra caravana a breve plazo.

El consejo de Khamis era el más inteligente que podía esperarse; por lo demás el itinerario que proponía abreviaba la marcha rumbo al Ubangui. La única pregunta que se formulaban todos era: ¿qué peligros desconocidos encerraba aquella selva virgen? Además, no había senderos de ninguna especie, excepción hecha de los sitios utilizados por los animales salvajes para atravesar la maleza baja. Hubiera sido necesario tener machetes para abrir caminos, pero debían conformarse con el hacha de campaña de Khamis y los cuchillos de monte de Max y John.

Tras haber meditado sobre todas las posibilidades, John Cort no dudó más. En cuanto al problema de la orientación, si bien el sol era casi invisible a causa del follaje, no era un problema.

En efecto, una especie de instinto, semejante al de los animales, inexplicable y que se encuentra en algunas razas de hombres más que en otras, y que les permite guiarse y orientar sus pasos en la dirección deseada aunque no dispongan de medio alguno de información, facultaba a Khamis a encaminarse sin margen casi de error hacia el Ubangui…

Max y John confiaban plenamente en esta aptitud como si hubieran tenido una brújula y un sextante. En cuanto a los obstáculos de otra índole que podían interponerse en el camino de regreso, el guía dijo:

—No encontraremos más que senderos apenas practicables, cortados por troncos de árboles secos, caídos por la edad o el embate del rayo y otros obstáculos por el estilo. Además debe de haber otros cursos de agua desconocidos, que desembocan en el Ubangui.

—Pero eso sería una ventaja para nosotros y no un problema. Con construir una balsa de troncos… —comenzó a decir Max, lleno de entusiasmo, pero John Cort lo interrumpió.

— ¡No tan rápido, querido amigo! No te dejes llevar por una imaginación calenturienta…

—El señor Max tiene razón —terció Khamis—. Hacia el Poniente tendremos que encontrar un curso de agua que desemboca en el Ubangui…

—De acuerdo —afirmó John Cort—. Pero recuerda qué clase de ríos tiene África… en su mayor parte no son navegables.

—No ves más que dificultades, John —Las dificultades conviene imaginarlas antes de que se presenten para poderlas prevenir, amigo mío.

El norteamericano tenía razón: los ríos africanos no ofrecen características semejantes a la de otros continentes, y sus cuatro grandes cuencas líquidas, la del Nilo, la del Zambezi, la del Niger y la del Congo, no son navegables ni siquiera en los cursos de agua más importantes, pues se encuentran cortados por rápidos, cataratas y caídas de agua que han contribuido a lo largo de siglos a convertir al continente negro en una tierra inexplorada y difícil de recorrer.

Por lo tanto la objeción hecha por John Cort era seria. Khamis así lo reconoció, pese a que no era tan grave como para hacer abandonar el proyecto que enunciara anteriormente.

—Cuando encontremos un curso de agua lo seguiremos hasta donde sea posible —dijo el guía—. Si los obstáculos que se presenten son fáciles de salvar, los salvaremos. En caso contrario, nos limitaremos a tomar tierra y proseguir la marcha a pie.

—Aclaremos que yo no me opongo en ninguna forma a su propuesta —interrumpiólo el norteamericano—. Por el contrario, me parece una buena idea seguir rumbo al Ubangui tomando uno de sus afluentes como medio de viajar más rápidamente...

Ya no cabía discutir más. Tan sólo era posible adoptar una resolución, ¡y fue Max Huber quien la materializó en palabras!

—Bueno... ¡en marcha!

Sus compañeros las repitieron llenos de entusiasmo.

En el fondo el más satisfecho con la situación era el francés:

Aventurarse en el interior de aquella inmensa foresta, hasta aquel momento inexplorada y tradicionalmente impenetrable... Tal vez allí hallaría el elemento extraordinario que le haría correr las aventuras que tanto anhelaba y que le fueran negadas hasta aquel momento.

5. LOS PRIMEROS DIAS DE MARCHA.

Alrededor de las ocho comenzó la marcha hacia el sudoeste. ¿Qué distancia debían recorrer para alcanzar el curso de agua que buscaban y llegar así hasta el Ubangui? Nadie podía decirlo. Y si se trataba del arroyo que atravesaba el sitio donde se alzaran anteriormente los tamarindos, y que ahora estaba cubierto por los troncos destrozados y los restos del campamento... ¿no seguiría una dirección demasiado oblicua para desembocar en el gran río? Además, por el momento su caudal no autorizaba a considerarlo navegable en ninguna porción de su curso.

Por otra parte, si aquella inmensa masa de árboles no tenía en su seno un camino más o menos apto para avanzar, resultaría bastante difícil abrirse paso hasta la civilización. Los expedicionarios confiaban que los grandes animales, como los rinocerontes y búfalos, hubieran trazado sendas transitables entre la maraña vegetal, achatando los arbustos y quebrando lianas y enredaderas.

Llanga, ágil como un lebrel, corría adelante pese a las insistentes voces con que lo llamaba John Cort, instándolo a que fuera más cauto y no se alejara. Pero, pese a que a menudo se perdía de vista, su voz aguda y penetrante llegaba constantemente hasta los oídos de sus protectores.

— ¡Por aquí! —gritaba—. ¡Por aquí!

Y los tres hombres lo seguían a través de la senda que iba descubriendo.

Cuando se tornó necesario orientarse en aquel maremágnum de ramas y hojas, el instinto del guía actuó automáticamente. Por lo demás, a través de los intersticios de las copas de los árboles el sol dejaba filtrar sus rayos dorados, por medio de los que resultaba fácil calcular la altura del astro rey. Empero, la mayor parte de la jungla estaba ensombrecida por el espeso follaje, reinando una semipenumbra increíble a aquella hora temprana. Los viajeros comentaron que durante los días tormentosos aquel bosque debía de estar totalmente a oscuras a mediodía. En cuanto a las noches, todo intento de circulación se tornaba evidentemente imposible. Por su parte Khamis había expresado su intención de hacer alto entre la puesta del sol y el alba de cada jornada, para descansar y no correr riesgos inútiles. En cuanto a otras precauciones, acamparían bajo la copa de alguno de los gigantes de la selva y no encenderían fuego alguno, excepto durante el rato necesario para asar la caza atrapada en el día. Si bien la selva no debía de ser muy frecuentada por los nómades, y no habían encontrado traza alguna de los que acamparan en el lindero la noche del desastre, era preferible pasar inadvertidos entre la espesura, no llamando la atención con hogueras nocturnas.

Algunas brasas bastarían para la rudimentaria cocina y en aquella época del año no era de temer que durante las noches refrescara.

La caravana había sufrido mucho los grandes calores tropicales de la región recorrida durante los meses anteriores. Ahora, bajo las copas de aquellos grandes árboles, los aventureros se sentían más protegidos de la temperatura y mientras la humedad no aumentara podían considerar un cambio ventajoso el poder dormir al aire libre.

Lo más temible de todo era la lluvia. Aquélla era una comarca con grandes precipitaciones pluviales a lo largo de todo el año. En la zona equinoccial soplan vientos alisios que se neutralizan. De este fenómeno climatérico, surge como resultante que siendo el cielo habitualmente calmo, las nubes esparcen sus vapores húmedos en forma de copiosos aguaceros. Durante los últimos quince días, el firmamento se había mostrado sereno y habiendo comenzado la luna con buen tiempo, podía esperarse que siguiera durante otras dos semanas.

En aquella parte de la jungla, que seguía una pendiente poco sensible hacia el Ubangui, el terreno no era pantanoso, lo que no era dable esperar más al sur.

El suelo, firme, estaba tapizado por una hierba alta y espesa que hacía difícil caminar, sobre todo porque las patas de los animales salvajes no la habían hollado aún.

— ¡Eh! —observó Max Huber—. ¡Es de lamentar que nuestros amigos los elefantes no hayan llegado hasta aquí! Hubieran podido abrirnos un sendero en esta endemoniada maleza.

—Aplastándonos con la vegetación… —agregó John Cort irónicamente.

—Con toda seguridad —agregó el guía—. Debemos contentarnos con los caminos trazados por búfalos y rinocerontes, cuando los haya.

Khamis era quien mejor conocía aquella parte de la selva africana, pues había recorrido las junglas del Congo y Camerún. Se comprenderá, pues, que no tuviera dificultad alguna en clasificar los magníficos ejemplares del reino vegetal que iban dejando atrás. John Cort en particular se interesaba en el estudio de aquellas plantas y árboles, encontrando maravillosas las fanerógamas que tanto abundan en aquella selva, y que llegan desde el Congo hasta el Nilo.

—Lo mejor de todo será poder variar nuestra dieta mezclando la carne con los vegetales comestibles que encontremos —agregó comentando el hecho con sus amigos.

Sin mencionar a los gigantescos tamarindos, tan comunes en la jungla, había mimosas de extraordinaria altura y baobabs de hasta ochenta metros. Ciertos especímenes alcanzaban treinta y cinco o cuarenta metros, con sus ramas espinosas, hojas largas y anchas, con frutos que al estar maduros estallan lanzando las semillas a mucha distancia del tronco. De no haber tenido su maravilloso instinto de orientación, Khamis hubiera podido dirigir la marcha con sólo seguir las indicaciones del sylphinum lacinatum, pues las hojas de este arbusto se abren a ambos lados de cada rama, señalando unas hacia el este y otras hacia el oeste.

Un brasileño perdido en medio de aquellas vastas forestas, hubiera podido creerse en medio de la selva de su país natal. Mientras Max Huber protestaba contra los arbustos enanos que erizaban la tierra de ramas y espinas, John Cort no se cansaba de admirar el tapiz verde donde se multiplicaban las distintas especies en una demostración de vitalidad extraordinaria.

Todos aquellos representantes del reino vegetal no estaban demasiado unidos en aquella enorme extensión de tierra. De no haber sido por las gruesas lianas y enredaderas, hubiera podido transitar por la selva una caravana con carretas y vituallas, sin dificultad alguna.

Desde todas las copas y todas las ramas caían en guirnaldas caprichosas, cadenas vegetales y festones de diversos colores las plantas parásitas que se nutrían de la savia de los colosos del bosque, formando verdaderas cortinas que imposibilitaban casi el paso de los viajeros.

Y del medio de aquella amalgama viva de maleza y frondas, escapaba un concierto de chillidos, aullidos y gritos, mezclados con cantos y silbidos, que se prolongaban desde la salida hasta la puesta del sol. Los cantos escapaban de los picos alargados de millones de pájaros que revoloteaban y se posaban sobre las ramas.

Los gritos pertenecían a las distintas colonias de simios, de babuinos de pelo grisáceo de chimpancés y de gorilas, los más fornidos y peligrosos monos de África. Hasta aquel momento aquellos cuadrumanos no se habían dejado llevar por ningún sentimiento hostil hacia los viajeros, que debían de ser los primeros hombres que indudablemente pisaban aquella parte de África. Había, pues, en aquellos animales más curiosidad que cólera; esto no hubiera ocurrido en otras partes del Continente Negro, donde los traficantes de marfil ya habían hecho conocer el significado de las armas de fuego a las bestias de la selva a lo largo de sus expediciones, que tantas vidas humanas costaban anualmente.

Tras un primer alto en medio de la jornada, otro se hizo al caer el sol. El camino se tornaba realmente difícil, a causa del constante aumento de lianas que formaban una red espesa y difícil de quebrar. Cortarlas era un trabajo penoso y largo. Por fortuna, de tanto en tanto podían avanzar sin dificultades por los senderos trazados por los búfalos, cuyas cabezas se alcanzaban a divisar entre la maleza, entre los macizos de espesos arbustos. Estos rumiantes son peligrosísimos, y los cazadores deben evitar al atacarlos caer bajo sus cuernos. Por otra parte, son difíciles de abatir, y una de las formas más seguras es pegarles un tiro en la frente. Max y John no habían tenido la oportunidad de cazar a aquellos animales, pero, como la carne del antílope duraba, no se arriesgaron a gastar inútilmente municiones. Durante el viaje no debía resonar tiro alguno, excepto cuando fuera absolutamente imprescindible para la salvaguardia de todos, en defensa propia o para cazar el diario sustento.

Khamis dio la voz de alto en el borde de un pequeño claro de la selva y acamparon bajo la copa de un gigante vegetal, cuyas ramas nacían a seis metros de altura, prolongándose hacia el cielo en un magnífico despliegue de follaje verde grisáceo, con flores de color blanco que caían sobre un tronco de corteza plateada. Era el algodonero africano, cuyas raíces sobresalen formando arcos, bajo los cuales es posible buscar refugio.

— ¡La cama está lista! —exclamó Max—. ¡Faltará el colchón elástico pero en cambio tenemos un mullido tapiz de algodón!

Khamis encendió una pequeña hoguera que convirtió rápidamente en un rescoldo que no iluminaba casi, y asó otro trozo de antílope. La cena fue idéntica al almuerzo y a la comida de la tarde. Todos lamentaron la falta de galletas que durante el viaje habían reemplazado al pan, pero esta vez no les quedaba más remedio que resignarse. Por otra parte, las costillas asadas fueron suficientes para satisfacer el apetito de todos.

Terminada la cena, antes de acostarse bajo las ramas del enorme algodonero, John Cort dijo al guía:

— Si no me equivoco, hemos avanzado constantemente hacia el suroeste...

—Sí —repuso Khamis—. Cada vez que pude vislumbrar el sol, verifiqué nuestra ruta.

— ¿Cuántos kilómetros calcula usted que hemos recorrido en esta jornada?

— Alrededor de veinte, señor Cort. Si podemos mantener este tren de marcha, dentro de un mes estaremos en la costa del Ubangui.

—Bueno, pero creo conveniente calcular también las contingencias imprevistas.

—No olvides que cabe agregar a eso los golpes de suerte, amigo mío —agregó Max, siempre optimista—. ¿Quién sabe si no descubrimos pronto algún curso de agua que nos lleve hasta el gran río sin fatigas?

—Pero ahora no hay señales de semejante evento, Max.

—Es que todavía no hemos avanzado suficiente hacia el oeste —afirmó Khamis—. Les aseguro que me sorprendería mucho si mañana o pasado no alcanzamos...

—Hagamos de cuenta que no vamos a descubrir ningún curso líquido tributario del Ubangui —lo interrumpió John Cort— Un viaje de treinta días a través de la selva, calculando siempre que las dificultades no se hagan mayores, no es como para que expedicionarios aguerridos desfallezcan. ¿Verdad?

—Además, espero que esta selva no esté tan desprovista de misterio como parece — terminó Max sonriendo—. ¡Por ahora es un sitio tan seguro como una plaza europea!

— ¡Tanto mejor si sigue así!

— ¡Tanto peor para mí, John! Y ahora, Llanga, ¡hay que dormir!

—Sí, amigo Max —repuso el pequeño nativo, mirando con sus grandes ojos a sus protectores. En verdad estaba agotado tras una jornada agobiadora para un niño de su edad. Sin embargo, sus labios no se habían abierto una sola vez para quejarse.

John lo cargó en sus brazos y lo acostó bajo las ramas del algodonero, al advertir que se le cerraban los ojos y no podía ya mantenerse despierto.

El guía insistió en quedarse nuevamente montando guardia, pero los dos amigos no se lo permitieron, resolviendo reemplazarse cada tres horas, pues si bien los alrededores del improvisado campamento no resultaban sospechosos, era imposible saber qué peligros podían ocultarse en aquella intrincada selva. La prudencia aconsejaba vigilar mientras durara la noche.

Mientras Khamis y John se tendían bajo la copa del algodonero, Max Huber montó guardia dispuesto a vigilar durante las primeras tres horas.

El francés, apoyando su rifle cargado contra el tronco del árbol, se abandonó al encanto de la noche africana. Todos los ruidos del día habían cesado y entre las altas ramas de los árboles se filtraba, como una respiración entrecortada, el viento nocturno.

Los rayos de la luna, muy alta sobre el follaje, se deslizaban entre las hojas y caían a tierra trazando líneas semejantes a las rayas de una cebra. Más allá del claro la jungla también se iluminaba suavemente con el resplandor del satélite terrestre.

Extraordinariamente sensible a esta poesía de la naturaleza, el francés la aspiraba por todos sus poros, gozando en silencio de tanta hermosura. No dormía, pero soñaba. Por momentos le parecía que era el único ser viviente en medio de aquel mundo vegetal.

¡Mundo vegetal! Así había llamado con su imaginación latina a la enorme selva del Ubangui…

— ¿Acaso es necesario ir a los extremos más alejados del mundo para descubrir sus secretos? — pensaba perezosamente—. ¿Para qué tentar la conquista de los dos polos, a costa de obstáculos que quizás son infranqueables?

¿Con qué fines? ¿Para solucionar algunos problemas de magnetismo y electricidad terrestres? ¿Vale acaso la pena que por lograr estos fines muera tanta gente? ¿No sería más útil para la Humanidad recorrer a fondo estas selvas impenetrables, desentrañar sus misterios, vencer su impasible impenetrabilidad? ¿Cómo? ¿No existen en América, Asia, África y Oceanía sitios como éste, vírgenes, fértiles, dignos de ser poblados y entregados al mundo? Nadie ha arrancado aún a estos viejos árboles sus enigmas, como los antiguos lo hacían a los robles de Dodona… ¿y acaso no tenían razón los hombres de antaño, al poblar sus bosques de faunos, dríadas, ninfas y seres sobrenaturales?

Así soñaba Max Huber.

¿Acaso no era en aquellas selvas del África Ecuatorial donde la leyenda ubicaba a seres semihumanos, fabulosos? ¿No era hacia el este de la jungla del Ubangui donde, en el país reconocido y explorado por Schweinfurth y Junker, vivían los Niam—Niam, esos hombres con cola, que una vez estudiados resultaron no tener ningún apéndice caudal?

¿No había encontrado Henry Stanley durante sus viajes al norte del Ituri, tribus íntegras de pigmeos, cuyos integrantes medían en promedio menos de un metro de estatura? ¿Y el misionero británico Albert Lhyd no había reconocido comarcas entre Uganda y Cabinda pobladas por más de diez mil enanos perfectamente proporcionados, de un metro a un metro treinta de estatura? ¿Y no había en los bosques de Ndoucorbocha, más allá del Ipoto, cinco pueblos liliputienses?

Lo más extraordinario de todo era que aquellas tribus diminutas no dejaban de ser laboriosas, guerreras y valientes como sus primas de estatura normal.

Así, dejándose llevar por su entusiasmo aventurero y su imaginación inflamada, Max Huber se obstinaba en creer que la selva del Ubanguí debía de albergar seres extraños, desconocidos para el hombre europeo, cuya existencia no fuera sospechada ni por los antropólogos.

¿Por qué no podía haber cíclopes, con un solo ojo, con trompa en lugar de nariz, clasificables entre los proboscidios?

El francés, bajo la influencia del ambiente, dominado por esos sueños fantásticos, no cumplía con su deber de vigilar atentamente como hubiera debido. Así, un enemigo hubiera podido acercársele en cualquier momento sin que lo advirtiera, poniendo en grave peligro su seguridad y la de sus compañeros.

Por eso cuando una mano se apoyó sobre su hombro lo sobresaltó haciéndolo incorporar de un salto, fusil en mano.

— ¿Eh? ¿Qué pasa? —inquirió mirando en derredor.

—Soy yo —lo tranquilizó John Cort—. ¿Me has tomado por un salvaje del Ubangui? ¿Ha pasado algo?

—Nada…

—Vete a dormir, amigo mío. Ya has velado tres horas.

—Sea, pero estoy seguro que los sueños que me asalten mientras duerma no serán tan fantásticos, como los que acabo de tener con los ojos abiertos… Hasta mañana, John.

La primera parte de la noche no había sido turbada por ningún acontecimiento desagradable y el resto también transcurrió sin peligro alguno para los viajeros.

6. RUMBO AL SUROESTE.

Al día siguiente, el 11 de marzo, restablecidos de las fatigas de la víspera,

John Cort, Max Huber, Khamis y el pequeño Llanga se dispusieron a enfrentar la segunda jornada de marcha.

Abandonando el refugio que les prestara el algodonero, cruzaron el claro de la selva saludados por millares de pájaros silvestres que chillaban y cantaban con voces estridentes ante la invasión de aquellos intrusos.

Antes de reiniciar la marcha la prudencia aconsejaba comer algo: el desayuno se compuso de carne de antílope fría y agua de un arroyo que aumentó la provisión de las cantimploras.

El comienzo de la etapa se hizo tras verificar la altura del sol en el calvero; los rastros y señales indicaron que aquella parte de la selva era recorrida habitualmente por grandes cuadrúpedos. Los pasos y senderos se multiplicaban, y al promediar la mañana los viajeros vislumbraron cierto número de búfalos y dos rinocerontes que se mantuvieron a distancia evidentemente sin humor de presentar batalla, lo que resultó en parte sorprendente y beneficioso, pues les permitió ahorrar balas.

Tras recorrer una docena de kilómetros, el pequeño grupo se detuvo:

Era casi mediodía y el apetito se hacía sentir.

En aquel punto John Cort abatió dos avutardas de las llamadas paauw, de carne excelente y más delicada que la de sus congéneres europeos.

— ¡Ante todo, exijo que se sustituya el asado de antílope! —dijo Max, frotándose las manos.

—No hay nada más sencillo que eso —repuso Khamis, y tras limpiar una de las aves la atravesó en una estaca y la doró al fuego lento.

Pronto la avutarda desapareció entre los dientes de la partida, que la encontró exquisita.

Tras descansar unos minutos después de la comida, el pequeño grupo se puso nuevamente en marcha.

Las condiciones fueron tornándose peores a medida que avanzaban.

Los senderos eran cada vez más escasos y el tránsito se hacía penoso y problemático. Era necesario abrirse camino entre los arbustos, pastizales y lianas, cortando a golpe de hacha todo lo que era posible y seccionando con el cuchillo el resto. Para empeorar las cosas, comenzó a llover, y gruesas gotas cayeron durante horas. Esto, que en principio fue una incomodidad más, se transformó luego en una bendición, pues al llegar a un calvero pudieron llenar las cantimploras, que estaban casi vacías. Khamis buscaba en vano las señales de un curso de agua, y al no hallarlo atribuyó a esto la falta de animales grandes que abrieran sendas en la selva.

—Por lo visto no estamos cerca de un río —comentó John Cort cuando se prepararon para acampar y pasar la noche.

Esta simple reflexión era fruto de un frío razonamiento: el arroyo que vieran introducirse en la selva al principio del viaje debía de trazar un semicírculo, volviendo a salir en algún otro sitio de la foresta. Naturalmente, esto no significaba que tenían que abandonar la dirección escogida. Por el contrario, era la única que los llevaría con vida hasta el Ubangui.

—Por lo demás, no sería difícil que siguiendo esta ruta logremos entrar en contacto con otro tributario del gran río —afirmó Khamis.

La noche cayó rápidamente; los expedicionarios habían acampado junto a otro árbol gigantesco, un bombax, cuyo tronco simétrico se elevaba a más de cuarenta metros de altura.

La vigilancia fue establecida como la noche anterior; esta vez el sueño de los viajeros fue turbado de tanto en tanto por los lejanos mugidos de búfalos y rinocerontes, pero los durmientes no hicieron caso.

No era de temer que apareciera algún león, pues es raro que estas peligrosas fieras visiten las regiones ecuatoriales del Continente, prefiriendo latitudes más elevadas, sea hacia el norte, sea hacia el sur. Los bosques demasiado espesos no resultan satisfactorios para esos animales de temperamento caprichoso, de costumbres independientes, que se complacen viviendo en espacios abiertos donde les resulta más cómodo moverse a voluntad.

Pero si no hubo rugidos, tampoco se escucharon gruñidos de hipopótamos, lo que era de lamentar, pues las voces de esos monstruosos anfibios hubieran indicado con su presencia que había un curso de agua cercano.

Al día siguiente se pusieron en marcha al rayar el alba, bajo la luz grisácea de un cielo encapotado que apenas se filtraba hasta la selva.

Max Huber derribó de un tiro con su rifle a un antílope del tamaño de un asno, o mejor dicho, de una cebra. Era un oryx, de pelambre rayada en caprichosos dibujos, con cuernos de casi un metro de largo que se curvaban elegantemente hacia arriba y atrás, presentando una simetría de diseño exquisito.

Este antílope tiene en sus cuernos un arma defensiva de primera, que en zonas más al norte le permite resistir victoriosamente los ataques del mismo león. Pero el animal en cuestión, apenas fue visto por Max tuvo su suerte sellada y cayó sin poder huir, con una bala atravesándole el corazón.

Se trataba de una abundante provisión de carne obtenida con el gasto de una sola bala, lo que para nuestros amigos era una verdadera suerte. Con aquel antílope podrían alimentarse varios días.

Una vez que terminaron de descuartizarlo, trabajo que realizó casi enteramente Khamis con su habilidad característica en todas las tareas relacionadas con la vida al aire libre, repartieron la carga, entregando inclusive un pequeño bulto a Llanga, que reclamaba insistentemente su parte, y reanudaron la interrumpida marcha.

— ¡Eh! ¿Parece que aquí la carne es barata? —comentó John Cort.

—Depende de la puntería que se tenga repuso el guía.

—Y de la suerte —agregó Max, que era más modesto de lo que suelen serlo los cazadores afortunados.

Pero si bien los tres hombres estaban firmemente resueltos a no gastar más pólvora y balas que las necesarias para cazar su alimentación, estaba escrito que la jornada no concluiría sin que las carabinas no sirvieran para la defensa común.

A lo largo de un buen kilómetro el guía creyó que se verían forzados a hacer uso de sus armas de fuego para repeler el ataque de una tribu de monos, que les siguió por las ramas de los árboles, saltando con la agilidad de atletas consumados, gritando y gruñendo amenazantes.

Eran cuadrumanos de gran tamaño, cinocéfalos de tres colores, amarillos, rojos y negros. A éstos se habían unido bandas de pequeños micos que chillaban y gesticulaban desde las más altas ramas, produciendo ruidos ensordecedores.

Pero esta escolta, que se había reunido alrededor de mediodía, desapareció dos horas más tarde sin que se produjera ninguna agresión.

En aquel momento los cuatro viajeros recorrían una senda ancha y cómoda que se perdía de vista. Pero si por un trecho se felicitaron de haber encontrado un camino practicable, pronto tuvieron que arrepentirse de haberlo seguido, pues se encontraron con dos de los animales que seguramente contribuían a mantenerlo en condiciones.

Se trataba de una pareja de rinocerontes, cuyo jadeo peculiar oyeron poco antes de las cuatro de la tarde. Khamis, que fue el primero en escucharlo, dio la voz de alto.

—Malas bestias, esos rinocerontes —dijo, tomando la carabina que llevaba en bandolera.

—Si… peligrosas —replicó Max—. Y eso que son herbívoros.

— ¡Que tienen el pellejo bien duro!

— ¿Qué hacemos? —preguntó John, con su espíritu práctico privando sobre toda reflexión de índole personal.

—Trataremos de seguir sin que nos vean —contestó Khamis—, o por lo menos nos ocultaremos del paso de esas moles ambulantes.

Tal vez no nos vislumbren y si conseguimos movernos viento a favor, no nos descubrirán. Pero de cualquier manera, tenemos que ir con las armas preparadas para hacer fuego en cualquier momento. Si llegan a advertir nuestra presencia, caerán sobre nosotros.

Los fusiles fueron revisados para evitar inconvenientes de último momento, que podrían ser trágicos. Luego, saliendo del sendero para dejar paso libre a los dos colosos, los viajeros se introdujeron entre la maleza que crecía a la derecha del camino.

Cinco minutos después los mugidos habían aumentado notablemente de volumen y aparecieron claramente los monstruosos paquidermos, pertenecientes a la subespecie de los ketloa, desprovistos casi de pelambre. Avanzaban al trote, flexionando ágilmente sus patas cortas y macizas, con las pequeñas orejas erguidas y prestas a captar el menor sonido.

Se trataba de dos especímenes espléndidos, de casi cuatro metros de largo, patas cortas y fuertes, cabeza armada de un solo cuerno, capaz de producir terribles heridas. Estos animales tienen un verdadero blindaje que los protege de sus enemigos, tornándolos casi invulnerables, y su resistencia los lleva a comer cactos de largas espinas como si fueran manjares, sin que sus maxilares durísimos y su lengua córnea parezcan sufrir en lo más mínimo.

La pareja se detuvo bruscamente, mugiendo. Los expedicionarios comprendieron que estaban a punto de ser atacados.

Uno de los rinocerontes, un monstruo de piel rugosa y seca, se acercó a la maleza, resoplando.

Max Huber alzó su rifle y lo preparó.

— ¡Tire a la cabeza! —le advirtió Khamis.

Una detonación, luego otra y una tercera. Las balas penetraron a duras penas el fuerte blindaje de las bestias, pero no les hicieron daño alguno. Habían sido tres cartuchos perdidos.

Ni las detonaciones ni los impactos asustaron a los paquidermos.

Los arbustos y lianas no podían oponer una seria resistencia a la carga de aquellos monstruos. Un instante más y todo caería aplastado, reducido a fragmentos. Khamis y sus compañeros habían logrado escapar a la carga de los elefantes... ¿estaban acaso destinados a perecer bajo las formidables pezuñas de aquellos otros paquidermos? Si trataban de huir, las lianas y altos pastizales retardarían su carrera, en tanto que los dos rinocerontes, lanzados en su persecución no se detendrían ante nada, semejantes a una avalancha que arrasa con todo.

Empero, entre los árboles de la selva, se alcanzaba a divisar un baobab gigantesco, que podía ofrecer refugio ante los embates de los paquidermos. Aquello era una repetición de la escena de días pasados en el macizo de los tamarindos, que costara la vida al desdichado portugués.

¿Acaso había motivos para creer que aquello no terminaría como el lance anterior?

En realidad el baobab era mucho más grande y resistente que los tamarindos y posiblemente la carga de los rinocerontes, con ser formidable no era tan potente como la de los elefantes.

Lo malo de todo esto era que la copa se abría a veinte metros del suelo y que el tronco no ofrecía hasta allí ningún asidero capaz de permitir una ascensión.

El guía comprendió con sólo echar una mirada que resultaría imposible alcanzar las ramas; por su parte Max y John esperaban nerviosamente a que Khamis se resolviera.

En aquel momento la maleza baja se abrió para dar paso a una enorme cabeza. Un cuarto disparo retumbó en la selva. Esta vez era John quien hacía fuego, con no mucha más suerte que su amigo. La bala penetró en el dorso del rinoceronte, provocando tan sólo un fuerte gruñido de dolor, en tanto que aumentaba la furia del paquidermo.

El animal, en lugar de detenerse, aumentó la velocidad de su marcha, precipitándose hacia adelante con un salto prodigioso, en tanto que el otro rinoceronte, rozado por la bala de Khamis, se preparaba para seguirlo.

Ya no hubo tiempo de volver a cargar las armas. Era demasiado tarde para separarse y huir en distintas direcciones, procurando así desorientar a los paquidermos. Lo único que los cuatro atinaron a hacer, fue buscar refugio tras el tronco del grueso baobab, que tenía alrededor de seis metros de diámetro en su base.

Pero aquello no era una solución, pues apenas los dos rinocerontes dieran vuelta el árbol, resultaría imposible evitar el doble ataque.

— ¡Diablos! —murmuró Max.

—Mejor dicho… ¡Dios! —lo corrigió John.

En efecto. Si no se producía un milagro deberían renunciar a toda posibilidad de salvación. Un choque terrible acababa de sacudir al baobab.

El primer rinoceronte, llevado por el ímpetu de su carrera, había golpeado el tronco del coloso de la selva. Su largo y afilado cuerno, clavándose medio metro en la dura madera, había quedado incrustado y pese a sus esfuerzos no podía sacarlo.

El segundo animal, viendo lo ocurrido a su compañero, se detuvo y sacudió la cabeza furiosamente.

Khamis, que se deslizara para ver lo ocurrido, gritó:

— ¡Rápido! ¡Huyamos!

Los demás comprendieron sus palabras sin oírlas casi.

Sin pedir explicación alguna, Max y John arrastrando a Llanga, echaron a correr entre las altas hierbas. Ante la sorpresa de los tres, ninguno de los rinocerontes lo persiguió.

Tras correr desenfrenadamente durante cinco minutos consecutivos, a una señal del guía se detuvieron.

— ¿Qué ha ocurrido?— quiso saber John apenas pudo recobrar el aliento.

—El paquidermo no pudo retirar el cuerno del tronco del árbol.

— ¡Caramba!— gritó el francés —. Se repite la historia de Milón de Crotona…

— Y terminará como este héroe de los Juegos Olímpicos— agregó John Cort. Khamis, que evidentemente no se preocupaba mucho por conocer historia de la antigua Grecia, se limitó a encogerse de hombros.

— Estamos sanos y salvos —dijo—. Lástima que hayamos gastado media docena de cartuchos.

— Lo más lamentable es que esa bestia es comestible —agregó Max— Creo haber recibido informes al respecto.

— Sí, tiene carne un poco correosa, pero se come —le contestó el guía—. Pero dejaremos que ese animal…

— ¡Se rompa el cuerno tratando de liberarse! —concluyó el francés.

No hubiera sido prudente regresar al baobab. Los mugidos y gruñidos de los dos rinocerontes seguían resonando bajo la cúpula vegetal.

Tras un rodeo que los volvió a llevar al sendero, el cuarteto reinició la marcha. Recién alrededor de las seis de la tarde resolvieron detenerse y acampar.

El día siguiente no aportó ninguna novedad. Las dificultades no aumentaron y otros treinta kilómetros fueron recorridos hacia el suroeste.

En cuanto al curso de agua tan anunciado por Khamis y tan ardientemente deseado por Max Huber, no aparecía.

Aquella noche, tras una cena que comenzaba a tomarse monótona, se acostaron, pero no pudieron dormir bien, pues una verdadera nube de murciélagos invadió el campamento, marchándose recién al despuntar el alba.

— ¡Malditas harpías! —exclamó Max Huber, sintiéndose molesto por la mala noche pasada.

—No podemos quejarnos —le contestó el guía.

— ¿Por qué?

—Es preferible tener que soportar a los murciélagos que a los mosquitos, que por suerte por ahora nos han dejado en paz.

—Lo mejor de todo será que no nos molesten ni los unos ni los otros, Khamis.

—Es que nos será imposible evitar a los mosquitos, señor Max.

— ¿Por qué?

—Cuando lleguemos a la orilla de un río…

— ¡Un río! ¡Tras haber pensado tanto en encontrar un río ya no lo espero!

—Pues se equivoca. Probablemente no estamos lejos de un curso de agua.

El guía hablaba con conocimiento de causa. Había advertido una modificación en la naturaleza del suelo y desde las tres de la tarde en adelante las señales que indicaban la proximidad de una cuenca líquida habían aumentado. La tierra se tornaba húmeda y pantanosa. Aquí y allá había plantas acuáticas y los cazadores derribaron varios patos silvestres de una especie que acostumbraba a pernoctar en superficies lacustres o en las costas de los ríos. Además, a medida que el sol se acercaba al cenit, el croar de las ranas aumentaba en intensidad.

—O mucho me equivoco o el país de los mosquitos no dista gran trecho de nosotros —concluyó el guía.

El resto de la etapa se realizó sobre un terreno difícil, cubierto de esas incontables fanerógamas que el clima húmedo tanto favorece. Los árboles, algo más espaciados, estaban menos ligados por lianas y enredaderas.

Max y John no podían dejar de reconocer la razón que asistía a Khamis, reconociendo los cambios que experimentaba aquella parte de la foresta, sobre todo en dirección suroeste. Empero, pese a todo, no se alcanzaba a vislumbrar ningún trazo de agua corriente.

Sin embargo, al mismo tiempo que el suelo adquiría una pendiente cada vez mayor, las hondonadas y pozos aumentaban constantemente tornando difícil el paso. Resultaba peligrosísimo caer en uno de aquellos obstáculos, llenos de agua cenagosa, en cuyo fondo pululaban las sanguijuelas y cuya superficie estaba cubierta de horribles miriápodos de cuerpo negro y peludo y patas rojizas, que parecían hechos para provocar repugnancia con sólo mirarlos.

Como compensación quedaba el regocijo que proporcionaban a los amantes de la belleza las innumerables mariposas de colores vivos y alegres, esas graciosas libélulas que eran perseguidas encarnizadamente por centenares de pequeños pájaros de la foresta.

El guía hizo observar que en los charcos abundaban no solamente las avispas, sino también las moscas tsétsé. Empero, era difícil que estos peligrosos dípteros picaran a los expedicionarios, pues sus víctimas predilectas son los caballos, bueyes y perros.

El pequeño grupo continuó su marcha hacia el sudoeste y se detuvo a las seis y media de la tarde, tras una etapa larga y fatigosa. Mientras Khamis se ocupaba en seleccionar el sitio en que pasarían la noche, Max y John cambiaban impresiones, cuando los gritos de Llanga los alarmaron. De acuerdo con su costumbre, el chico se había adelantado y estaba fuera de la vista de sus protectores. ¿Acaso había sido atacado por alguna fiera de la jungla?

John y Max corrieron en busca del chico, listos para hacer fuego con sus rifles, pero pronto se tranquilizaron.

Trepado sobre un tronco caído, extendiendo la diestra hacia adelante, el pequeño gritaba con su voz aguda:

— ¡El río! ¡El río!

Khamis se les unió y el norteamericano le dijo sencillamente:

—El curso de agua que buscábamos…

A medio kilómetro de distancia, en una amplia extensión sin árboles ni maleza, se veía una cinta plateada donde se reflejaban los rayos solares.

—Creo que conviene acampar allí ——afirmó John Cort.

—Sí —asintió el guía—. Estoy seguro que este río nos llevará hasta el Ubangui.

Ya no les resultaría difícil construir una balsa y dejarse llevar por la corriente hasta el río principal.

Antes de llegar a la orilla del curso de agua debieron atravesar una extensión pantanosa de unos doscientos metros.

El crepúsculo en las regiones ecuatoriales es de corta duración, por lo que cuando los tres expedicionarios y el niño se detuvieron en la orilla del río ya era de noche y las tinieblas se habían tornado totales.

En aquel sitio los árboles estaban aislados y recién tanto río arriba como hacia el curso inferior se divisaban mayores macizos vegetales.

John Cort calculó que el curso de agua tendría unos veinte metros de ancho. Por lo tanto no era un simple arroyo, sino un río de cierta importancia, afluente principal del Ubangui, cuya corriente no era demasiado rápida.

Lo más razonable era aguardar a que amaneciera para poder estudiar bien la situación, sin arriesgarse a tomar una resolución precipitada.

Lo más importante era en aquel momento descubrir un sitio seco y abrigado donde pasar la noche. Khamis encontró una cavidad rocosa, especie de gruta excavada en las rocas calcáreas del margen, capaz de prestar refugio a los cuatro.

Resolvieron cenar los restos fríos del antílope que asaran a mediodía.

Así no sería necesario encender fuego, que podría atraer a los enormes cocodrilos que tanto abundan en los ríos africanos. Naturalmente, una hoguera en la boca de la gruta hubiera ahuyentado a la nube de mosquitos que se acercó apenas se instalaron, pero era preferible aguantar los aguijones de chupadores de sangre a las aquellos voraces fauces de los cocodrilos.

Durante las primeras horas, John Cort montó guardia en la entrada de la caverna, mientras que sus compañeros dormían pesadamente en el interior, pese a los esfuerzos de los mosquitos por mantenerlos despiertos.

Mientras duró la vigilia del norteamericano, nada extraño ocurrió, excepto la repetición de un grito que pareció emanar de labios humanos y que modulaba aparentemente la palabra ngora, que significa madre en dialecto indígena.

7. LA JAULA VACÍA.

El descubrimiento de la gruta fue providencial, pues aquella noche se descargó sobre la zona un fuerte aguacero, y los expedicionarios se hubieran mojado de pies a cabeza, sin medios de abrigarse o cambiar de ropas. Además, se trata de un refugio cómodo donde podrían refugiarse y pasar las noches con cierta seguridad mientras construían una balsa que los llevara río abajo.

Al amanecer comenzó a soplar un viento bastante fuerte desde el norte. El cielo se limpió con los primeros rayos del sol, y resultó evidente que el día sería radiante. Tal vez pronto Khamis y sus compañeros no tardarían en extrañar la sombra fresca de los árboles que dejaran atrás.

John Cort y Max Huber no podían ocultar su buen humor. Ese río iba a transportarlos sin fatigas a lo largo de cuatrocientos kilómetros, hasta su desembocadura en el Ubangui. Con esto un gran trecho del recorrido que debían efectuar quedaría satisfactoriamente hecho, y la parte más difícil de la aventura concluiría sin más riesgos.

Las miradas de los tres hombres paseó de norte a sur sobre el río.

Hacia arriba el curso de agua desaparecía bajo las copas de los árboles, siguiendo hasta allí casi en línea recta. Río abajo la vegetación estaba más retirada de la orilla, y el cauce trazaba una pronunciada curva hacia el sureste. Allí la jungla recuperaba su superficie anterior.

En cuanto al río, sus aguas eran cristalinas y de corriente tranquila, en las que flotaban troncos caídos y macizos de hierbas arrancadas a las márgenes.

Al mirar las aguas, John recordó que la noche anterior había oído la palabra ngora repetida varias veces. En vano sus ojos buscaron rastros de seres humanos en los alrededores de la gruta. Entonces pensó que había dormitado por algunos instantes, soñándolo. Por este motivo nada dijo a sus compañeros del incidente. Dirigiéndose al francés, exclamó:

—Tendrás que pedir perdón a Khamis por haber dudado de su palabra, Max.

—El hecho es que nuestro guía tenía razón y yo me alegro de haberme equivocado. Esto nos aliviará el viaje notablemente.

— ¡Un momento! ¡Yo no he afirmado semejante cosa! —intervino el guía—. Aún puede haber caídas de agua, rápidos…

—No busquemos el lado malo de las cosas. Buscábamos un río y lo tenemos. Es suficiente. Si las cosas empeoran, adoptaremos otra actitud.

Ahora nos conviene ponernos a construir una balsa de inmediato…

—Desde esta mañana pensaba comenzar el trabajo —repuso Khamis—. Y si ustedes quieren ayudarme…

— ¡Naturalmente! Pero tal vez resulte mejor que mientras nosotros construimos la balsa, Max se dedique a cazar unos cuantos animales que nos permitan viajar sin problemas alimenticios.

—Es urgente que lo hagamos —exclamó el francés seriamente—. Ya no nos queda nada… ¡este chico es un goloso de marca mayor y ha terminado con todas las provisiones!

— ¡Yo…! ¡Pero, Max…! —el chico había tomado en serio la broma y pareció afectado por lo que creía un reproche.

— ¡Vamos, criatura! Tú sabes que estoy bromeando… Ven conmigo: entre los dos no dejaremos un solo antílope en las costas, y si tenemos un poco de suerte, conseguiremos también traer algún pescado para variar el menú.

—Tengan cuidado con los cocodrilos —advirtió Khamis—, y también de los hipopótamos…

— ¡Caramba, un buen asado de hipopótamo no nos vendría mal! Después de todo, debe de tener la carne parecida al cerdo…

—Sí, pero tienen un carácter de mil demonios… cuando se irritan son peligrosísimos —Si llegas a percibir algún peligro, regresa de inmediato —dijo John, que conocía el espíritu aventurero de su amigo.

—Quédate tranquilo. Ven, Llanga.

—Cuida a Max, hijo, mío —agregó el norteamericano, palmeando la cabeza de su protegido.

Max tomó el rifle y verificó la carga, cruzándose la cartuchera sobre el hombro izquierdo.

—Cuide las municiones, señor Max —le aconsejó el guía.

—Ya lo sé, Khamis. Es realmente una lástima que la Naturaleza se muestre tan poco previsora y al crear el árbol del pan no haya hecho crecer también una planta que en lugar de producir frutas tenga en sus ramas bolsitas con balas…

Con esta observación de indudable certeza, Max y Llanga se alejaron, siguiendo una especie de sendero que bordeaba la orilla. Pronto estuvieron fuera de la vista de sus compañeros.

John Cort y Khamis se ocuparon entonces en buscar madera apropiada para la construcción de una balsa. Pese a que por falta de medios no podía ser más que algo muy rudimentario, siempre resultaba imprescindible juntar los elementos necesarios.

El guía y su compañero no poseían más que un hacha y sus cuchillos de monte. Con semejantes utensilios era bien difícil atacar a los gigantes de la selva, pero Khamis contaba con utilizar las grandes ramas caídas y los troncos en las mismas condiciones, uniendo todo por medio de lianas, tierra mojada y paja. Una plataforma de cuatro metros de largo por tres de ancho sería suficiente para transportar a tres hombres y un chiquillo, sobre todo considerando que planeaban pernoctar en tierra diariamente.

En el pantano había cierta cantidad de árboles caídos, y Khamis lo había observado ya durante la víspera, calculando la utilidad que podían Aportar.

Tras arrojar una última mirada a la costa, en sus dos direcciones, verificando que todo parecía tranquilo y silencioso, el guía y el norteamericano se pusieron en marcha.

Apenas habían hecho un centenar de pasos cuando se encontraron ante un montón de madera en condiciones de flotar. El problema mayor que se les planteaba era el conseguir llevar aquellos troncos hasta la orilla del río; en caso de que resultaran demasiado pesados, tendrían que esperar, el regreso de Max Huber.

Entretanto todo hacía suponer que el francés estaba cazando exitosamente.

Una detonación acababa de escucharse, y la habilidad de Max con las armas de fuego permitía pensar que el disparo no había sido inútil.

Khamis y John se ocuparon ante todo en seleccionar las mejores ramas y troncos, cuidando que no hubieran estado demasiado tiempo en el pantano, y estaban dedicados de lleno a esta tarea, cuando la voz de Max se dejó escuchar, seguida por la de Llanga.

—Son ellos... —exclamó John.

—Nos llaman... ¿habrá ocurrido algo? —agregó Khamis. El norteamericano palideció levemente y empuñó su rifle. El guía lo imitó.

Sin hablar, ambos echaron a correr, atravesando el pantano y llegando hasta la gruta. Desde allí, mirando río abajo, vislumbraron a Max y Llanga, que estaban inmóviles sobre la orilla. Ningún ser viviente, hombre o animal, estaba cerca de ellos.

John y Khamis corrieron hacia sus compañeros, franqueando los cuatrocientos metros que los separaban. Max los recibió con una simple observación:

— ¿Qué me dicen si no hay necesidad de trabajar en la construcción de la balsa?

— ¿Por qué? —inquirió Khamis, jadeante.

— ¡Porque ya tenemos una... en bastante mal estado, pero utilizable aún!

Y el francés, mientras hablaba, señaló hacia la orilla, donde había encallado una especie de plataforma de madera, con planchas, listones y troncos, sujetos con cuerdas y lianas.

— ¡Una balsa! —gritó John Cort, entusiasmado.

—No cabe duda —agregó Khamis.

No cabía duda alguna sobre el destino que había tenido aquella construcción.

— ¿Habrán descendido los indígenas del Ubangui el curso de este río? —se preguntó el guía intrigado.

—Indígenas o exploradores —repuso John—, pero la verdad es que si hubiera llegado una partida de viajeros blancos hasta aquí, lo sabríamos.

—Pero todo eso no tiene importancia para nosotros —lo interrumpió Max—. Lo real es que tenemos una balsa a mano. Ahora hay que averiguar si nos sirve o no.

—Tienes razón.

De inmediato el guía se dejó caer sobre la construcción, cuando un grito de Llanga lo detuvo. El chico se había alejado una docena de pasos, y ahora corría hacia los tres hombres sacudiendo en la mano un pequeño objeto.

Un instante después John Cort lo examinaba con aire incrédulo: era un candado de metal, herrumbrado y desprovisto de llave.

—Decididamente no se trata de una balsa hecha por los salvajes —exclamó Max—. Han sido hombres blancos los que utilizaron el río para llegar hasta aquí…

—Se habrán alejado tanto que ya no volvieron…—murmuró John.

Aquélla era una conclusión lógica. La herrumbre que cubría el candado, el estado deplorable en que estaban las sogas y lianas de la balsa indicaban que había pasado bastante tiempo desde que sus dueños se alejaran de allí. Dos deducciones lógicas fueron de inmediato enunciadas por John Cort y sus compañeros las aceptaron sin discutir.

1) Exploradores o viajeros de raza blanca habían llegado hasta allí, utilizando la balsa; 2) Por una razón desconocida esos viajeros habían dejado la balsa amarrada a la costa para reconocer la orilla.

Pero en cualquier caso, lo cierto era que no habían regresado. Ni John ni Max recordaban haber tenido noticias, en los años que llevaban en el Congo, de semejante expedición. Por lo tanto, allí había un misterio de los que buscara con tanto ahínco Max Huber, y lo peor del caso era que no parecía de fácil solución.

Khamis, abandonando toda otra pregunta, se dedicó a estudiar cuidadosamente las maderas de la balsa, para asegurarse su resistencia.

En conjunto estaban en bastante buen estado, y con reemplazar a media docena de tablones podridos, el resto serviría.

Así pues, la pequeña partida estaba en posesión de un vehículo fluvial que los transportaría cómodamente hasta el Ubangui.

Mientras Khamis estudiaba las reparaciones que convenían realizar, los dos amigos conversaban sobre aquel artefacto encontrado en circunstancias tan curiosas.

—No cabe error posible —repetía John Cort—. Ya otros blancos reconocieron la parte superior de este curso de agua. La balsa puede ser obra de indígenas, pero nunca el candado.

—Tal vez haya algún otro objeto que nos acerque más a la verdad —dijo entonces Max.

—Max… Max… sigues dejándote llevar por tu imaginación…

— ¡Caramba, John! Tenemos que buscar los restos de algún campamento. Tiene que haber señales de nuestros predecesores.

—En tal caso vamos al recodo del río.

—Me parece bien. No me extrañaría que…

— ¡Khamis! —llamó John Cort.

El guía se acercó a los dos amigos.

— ¿Qué tal está la balsa? —inquirió el norteamericano.

—Podremos repararla sin mayores inconvenientes. Ahora mismo buscaré la madera necesaria.

—Antes de ponernos a trabajar —invitó Max—, descendamos a lo largo de la costa en busca de más indicios. Puede que encontremos algún utensilio con marca de fábrica que señale su origen.

— ¡Sea! ¿No hay inconveniente en que nos alejemos algo, Khamis?

—Con tal que no pasemos del recodo del río… teniendo una balsa a nuestra disposición, es una lástima caminar inútilmente.

—Comprendido. Cuando estemos en viaje podremos estudiar las dos costas para ver si vislumbramos alguna señal de seres humanos.

Los tres hombres y el niño echaron a andar siguiendo la orilla, que formaba una especie de dique natural entre el río y el pantano.

Mientras caminaban no dejaban de mirar a tierra, en busca de algún objeto, alguna huella que indicara que por allí había pasado anteriormente un hombre.

Pese a tan rigurosa inspección, tanto en una como en otra orilla, no se advertía la menor señal que sirviera de indicio para formar juicio al respecto. Cuando Khamis y sus compañeros llegaron a la primera hilera de árboles, fueron recibidos por los gritos de una tribu de monos, que no parecieron muy sorprendidos ante la aparición de seres humanos.

Empero, escaparon tras gritar unos minutos.

—Pero después de todo, no creo que la balsa haya sido construida por una banda de monos —dijo John Cort tranquilamente —. Y por adelantados que estén los simios de esta parte de África, no pueden haberse acostumbrado a usar candados.

—Y tampoco jaulas —agregó Max.

— ¿Jaulas? —gritó John—. ¿Qué quieres decir?

—Me parece distinguir, entre la espesura, la forma de algo que si no es una jaula, ¡yo soy un mandril!

—Puede ser un hormiguero gigante, Max…

—No, el señor Max no se equivoca —terció Khamis —. Entre la maleza hay una jaula… o tal vez una cabaña cuyo frente tiene rejas.

— ¡Jaula o cabaña, veámosla! —exclamó Max Huber.

—Sí, pero hagámoslo con prudencia. Vayamos al abrigo de los árboles —le contestó el guía.

— ¿Qué podemos temer? —inquirió el francés, azuzado por la impaciencia que derivaba de su temperamento fogoso y aventurero.

Por lo demás, el paraje estaba desierto. Lo único que se escuchaba era el canto de los pájaros y los chillidos de los simios en fuga. Ninguna señal de campamento reciente o no, se advertía en el linde del bosque.

La extraña construcción se mostraba parcialmente cubierta por las mimosas, con su techo inclinado, que desaparecía bajo una capa de hierbas amarillentas no presentando ninguna entrada lateral. Las lianas tapaban sus paredes hasta la base.

Lo que le daba aspecto de jaula era la reja, o mejor aún, el enrejado de su frente, semejante a las verjas que en los zoológicos separan a las fieras del público.

Ese enrejado tenía una puerta, que en aquellos momentos estaba abierta. Su interior estaba vacío.

Esto lo advirtió Max Huber, que, naturalmente, había sido el primero en acercarse, precipitándose antes que sus compañeros.

Algunos utensilios estaban desparramados por tierra. Una marmita en bastantes buenas condiciones, un escalfador, una taza, tres o cuatro botellas rajadas, una manta de lana en pésimo estado, un hacha herrumbrada y un estuche para anteojos en tan mal estado que resultaba imposible leer el nombre del fabricante.

En un rincón se veía un cofre de cuero, cuyo interior debía de estar bastante preservado, si contenía algo.

Max lo alzó, trató de abrirlo y no pudo. Los bordes metálicos estaban tan oxidados que se habían adherido. Fue, pues, necesario introducir entre ambas partes la hoja de un cuchillo para poder separarlas.

El cofre contenía una libreta en buen estado de conservación, sobre la que había dos palabras impresas en gruesas letras, Max Huber leyó en alta voz:

—«Doctor Johausen».

8. EL DOCTOR JOHAUSEN.

Si ninguno de los tres hombres alzó la voz para repetir aquel nombre, fue a causa de la sorpresa que siguió al descubrimiento. En verdad fue una revelación. Descubría los velos de un misterio que rodeaba a la más fantástica tentativa científica moderna, en que se mezclaban lo serio y lo ridículo estrechamente. Tal vez cabe agregar, lo trágico, pues parecía haber tenido un final deplorable.

Tal vez el lector ha tenido noticias de la experiencia que pretendiera realizar el norteamericano Gardner para estudiar el lenguaje de los simios y dar a sus teorías una base real. El nombre del profesor, los artículos aparecidos en la revista Haysers Weekly de Nueva York, el libro publicado en Inglaterra y leído en todo el mundo, no eran elementos fáciles de olvidar, particularmente para dos habitantes del Congo como Max y John.

— ¡Es él, por fin! —gritaron los dos amigos simultáneamente.

«El» era para ellos el doctor Johausen. Pero antes de hablar del doctor, veamos lo que pretendía el sabio norteamericano Gardner.

Antes de partir para el Continente Negro, Gardner había entrado en contacto con el mundo de los simios. De sus largas y minuciosas observaciones, el profesor había llegado a la conclusión de que los monos hablaban, se comprendían y poseían un lenguaje articulado. En el interior del Jardín Zoológico de Washington, el sabio había hecho grabar en discos fonográficos las supuestas conversaciones de los monos allí cautivos. Así había llegado a una conclusión: los cuadrumanos, a diferencia de los hombres, no hablaban más que cuando tenían necesidad de hacerlo.

Naturalmente esta doctrina fue muy vapuleada por los colegas del profesor y el mundo científico en general. Por eso Gardner resolvió ponerse en contacto directo con los simios en su ambiente natural. Una vez que hubiera podido conversar con gorilas y chimpancés, regresaría a América y pondría las cosas en su lugar…

Para abreviar el relato: el viaje fue un fracaso, y el pobre sabio, devorado por los mosquitos, tras pretender en vano establecer un contacto con los monos de la selva, regresó a su país natal, acompañado por dos pequeños chimpancés que se negaron a abandonarlo…

Naturalmente, el profesor sostuvo que había descubierto el significado de ciertos sonidos: «whouw», comida; «cheniy», bebida; «iegk», cuidado; más adelante, una vez de regreso en el Zoológico de Washington, el sabio insistió en afirmar que de sus estudios basados en los discos fonográficos grabados en las jaulas, podía llegar a obtener las bases del idioma hablado por los cuadrumanos…

La única conclusión lógica que podía sacarse de todo esto, era que resultaba imposible considerar con absoluta seguridad que los experimentos del norteamericano hubieran fracasado o tenido éxito, por la forma deficiente en que éste los realizara. Por lo tanto, aún quedaba la incógnita de saber cómo hubieran reaccionado los monos africanos estudiados durante más tiempo y siguiendo un método perfeccionado.

Esto resolvió llevarlo a cabo cierto sabio llamado Johausen, que vivía en Malimba, en el Camerún. Se trataba de un médico más amante de la zoología y la botánica que de sus enfermos.

Cuando supo el fracaso de los experimentos del profesor Gardner, el médico, pese a que había pasado hacía ya tiempo los cincuenta años, decidió proseguirlos en el ambiente natural de los cuadrumanos. Su fortuna le permitía realizar semejante viaje, y si bien no era joven ya, gozaba de perfecta salud.

Así pues, acompañado por un servidor nativo que no imaginaba siquiera el proyecto de su amo, partió para el corazón de la selva resuelto a quedarse a vivir con los monos. En el equipaje que llevaba, Johausen agregó una gran jaula que se hiciera fabricar en Alemania, en la que pensaba vivir para estar más cerca de las tribus simiescas que visitaría.

Para concluir, el 13 de febrero de 1896, el doctor y su sirviente indígena, se embarcaron en un navío fluvial, rumbo a… ¿Rumbo a dónde?

Esto no lo quiso decir el médico. Como llevaba las vituallas necesarias para vivir mucho tiempo sin necesidad de entrar en contacto con el mundo civilizado, conservó un secreto impenetrable sobre su destino, pues no quería ser molestado en sus estudios.

Habían pasado ya tres años, sin que ninguna noticia del sabio llegara a oídos del mundo exterior. Max Huber y John Cort, que habían conocido al médico, a veces lo recordaban con curiosidad.

Ahora, al hallar aquella jaula vacía, encontraban las primeras señales del facultativo. Pero… ¿cuál habría sido su destino?

—Consultemos la libreta —propuso John Cort —No nos queda otro remedio —repuso Max—. Tal vez haya algún dato concreto que contribuya a revelar lo ocurrido al doctor.

John abrió la libreta, algunas de cuyas páginas estaban pegadas por la humedad.

—Temo que no descubramos gran cosa— murmuró.

— ¿Por qué?

—Porque la mayor parte de las hojas están en blanco.

—Lee en voz alta lo que hay escrito…

John Cort, entrecerrando los ojos, trató de descifrar las líneas de escritura estrecha y confusa, que a medida que iba leyendo, tradujo del alemán.

"29 de julio: Llegué con la escolta a la orilla de la selva del Ubangui.

Acampé sobre la orilla derecha de un afluente. Los negros construyen una balsa. 3 de agosto: La balsa concluida. Despedía la escolta. Hice desaparecer todo rastro del campamento y embarqué con mi servidor. 9 de agosto: Seguimos el curso durante siete días… nos detuvimos en un sitio que me pareció adecuado. A la vista hay numerosos simios. 10 de agosto: Desembarcamos todo el material… escogimos la ubicación de la cabañajaula. Hay muchos simios, chimpancés y gorilas. 13 de agosto: La instalación ha sido completada. Tomamos posesión del lugar. Los alrededores totalmente desiertos. Ni indígenas ni exploradores. Buena caza. Pesca abundante. 25 de agosto: La existencia ha sido regulada convenientemente.

Algunos hipopótamos en el río pero ninguna agresión. Grandes simios llegaron la noche pasada hasta el exterior de la cabaña, sin demostrar hostilidad alguna. Creí percibir una luz, lo que hubiera sido muy extraño.

Parecen hablarse entre sí. Un cachorro ha gritado: ¡Ngora! ¡Ngora!, que es el término indígena para llamar a la madre…

Llanga escuchaba atentamente y al llegar aquí lectura, exclamó:

— ¡Sí, sí! ¡Ngora… ngora… madre!

Ante esta palabra escrita por el doctor Johausen y repetida por el niño, John no pudo menos de recordar el episodio de la noche precedente.

Creyéndolo una ilusión, un error, lo había conservado en secreto, pero ahora exclamó:

— ¡También yo oí decir «ngora» claramente! —luego contó en qué momento había escuchado aquella palabra.

— ¡Caramba!— murmuró Max, pensativo—. ¡Esto no deja de ser interesante! Khamis había escuchado aquella conversación. Evidentemente lo que parecía interesar al francés y al norteamericano, no hacía mella en él. Los hechos relacionados con el doctor Johausen lo dejaban frío. Lo esencial era que el sabio había construido una balsa que estaba aún en condiciones de flotar. En su cerebro no cabía la menor idea de lanzarse de nuevo a la selva en busca del sabio alemán, y se propuso mentalmente disuadir a sus compañeros si llegaban a sugerirlo.

Para lo demás, la razón indicaba que ninguna tentativa semejante podía alcanzar éxito alguno. De haber habido algún indicio de su paradero, quizás John Cort se hubiera considerado moralmente obligado de irlo a salvar, en tanto que Max habría pensado que era el instrumento escogido por la Providencia para semejante empresa.

Pero nada. Las entradas en el cuadernillo concluían el 25 de agosto sin que fuera posible sospechar qué se había hecho de él y su servidor.

—Partamos —dijo Khamis cuando Max y John concluyeron con el pequeño cuaderno.

Sin embargo, antes de abandonar la sólida cabañajaula, el guía la revisó minuciosamente, buscando encontrar algún elemento que resultara de utilidad. No fue sin alegría que al escarbar en el piso sus dedos tropezaron con algo duro.

Quitando la tierra que lo cubría, los ojos de los compañeros descubrieron una caja de metal niquelado, herméticamente cerrada. Al abrirla, una exclamación de alegría escapó de los labios de todos. ¡Cien cartuchos para rifle, del calibre utilizado por ellos, y en perfecto estado de conservación!

— ¡Gracias, buen doctor! —gritó Max Huber, abrazándose a la caja de cartuchos—¡Ojalá podamos agradecer algún día el servicio que nos ha prestado!

— Esta caja de balas indica algo, Max— interrumpió el norteamericano.

— ¿Qué?

—Que el doctor planeaba regresar, pues de lo contrario se la hubiera llevado cuando se marchó.

—Efectivamente. En la selva las municiones son tan esenciales como los alimentos, y un viejo poblador de aquellas latitudes no se hubiera olvidado de llevar todo su equipo consigo.

—Propongo que antes de ponernos en marcha busquemos en los alrededores alguna señal del doctor —dijo entonces Max—. Tal vez él y su criado fueron atacados y muertos por nativos hostiles. Quizás sus restos sigan entre la espesura. En ese caso, lo menos que podemos hacer por ellos es enterrarlos.

—Tienes razón —repuso John.

La búsqueda en un centenar de metros a la redonda no dio resultado alguno. Debía, pues, considerarse que el desdichado Johausen había desaparecido totalmente. Tal vez los seres que a causa de las tinieblas considerara monos eran indígenas, que tras espiarlo lo habían raptado.

—En todo caso esto indica que la selva del Ubangui está poblada por enemigos de los hombres blancos —observó el norteamericano —.Debemos cuidarnos.

— ¡Usted tiene razón! —exclamó Khamis—. Y ahora, ¡a trabajar en la balsa!

— ¡Sin llegar a saber qué le ocurrió a ese valiente alemán! —murmuró Max apenado — ¿Dónde puede estar?

—En el sitio adonde van los que desaparecen.

— ¡Esa no es una respuesta!

— ¡No puedo darte otra, mi querido amigo! Hagamos lo que dice Khamis y vayamos a trabajar en la balsa.

Una vez de regreso en la gruta, el guía preparó el desayuno, y como ahora contaban con una marmita, había posibilidades de variar el menú, comiendo puchero en lugar de carne asada. Así pues, almorzaron una especie de sopa sin legumbres, sal o condimentos, y que naturalmente no tenía tampoco fideos, pero que resultó agradable por ser distinta de lo habitual.

Durante el resto del día trabajaron reparando la balsa, que finalmente quedó en condiciones de navegar como si no hubiera estado averiada. Se resolvió partir al alba del día siguiente.

La idea de marcharse sin saber nada concreto sobre el destino del doctor Johausen obsesionaba a Max Huber, en tanto que no preocupaba a John Cort y ni siquiera ocupaba accidentalmente los pensamientos de Khamis.

Esa noche, antes de tenderse sobre el piso arenoso de la gruta, el francés se dirigió a sus compañeros:

—Tengo algo que proponerles —les dijo.

— ¿Qué cosa? —inquirió el norteamericano.

—Tenemos que hacer algo por el doctor… El guía de inmediato se puso serio.

— ¿No querrá irlo a buscar, verdad?

—No, pero me parece que este río desconocido casi debe llevar su nombre en recuerdo a un mártir de la ciencia…

Desde ese día existe en el Continente Negro un río llamado «Doctor Johausen».

La noche transcurrió con absoluta tranquilidad, y mientras velaban por turno, ni John Cort ni Max Huber ni Khamis oyeron nada sospechoso.

Ni siquiera la voz de un mono parlanchín…

9. NAVEGANDO RÍO ABAJO…

Eran las seis y media de la mañana cuando la balsa soltó amarras y se dejó llevar por la corriente del flamante «río doctor Johausen» El día acababa de despuntar y el cielo estaba cubierto de nubes. Si bien no había amenaza de lluvia, el sol no se mostraba a la tierra.

Para los viajeros esto no era un inconveniente. Por el contrario, les resultaba preferible descender el curso de agua sin que los rayos solares los castigaran durante toda la jornada.

La balsa, de forma oblonga, medía ocho metros de largo por tres y medio de ancho; estas dimensiones eran suficientes para los cuatro viajeros y el magro equipaje que transportaban con ellos. En la parte posterior del artefacto había sido instalada una especie de espadilla que servía para timonear, o por lo menos, para mantener una cierta dirección.

La corriente del río no era demasiado veloz alcanzando aproximadamente un kilómetro por hora. Si se mantenía, los viajeros tardarían entre tres semanas y un mes en llegar a la desembocadura del «Río Johausen» en Ubangui. En cuanto a los obstáculos que podían cortar el paso, nada se podía adelantar. Lo único que habían advertido era que el curso del afluente del Ubangui era sinuoso y profundo.

Durante las primeras horas de navegación no ocurrió nada digno de ser relatado. Max Huber puso a prueba su talento de pescador, utilizando a modo de anzuelo las espinas retorcidas de una acacia silvestre.

Los peces del «Río Johausen» parecían bastante voraces o tontos, pues pronto comenzaron a picar con entusiasmo digno de mejor causa. Así la lista de platos con que contaban los viajeros se vio aumentada considerablemente, para delicia del francés, que era el más goloso.

Esa noche hicieron tierra frente a una prolongación rocosa de la costa, con tanta fortuna que encontraron a flor de agua un banco de moluscos de agua dulce de especie comestible, que fueron a aumentar inmediatamente la despensa común.

Durante la noche oyeron gritar a innumerables monos que habían buscado refugio en los árboles cercanos al campamento. Al amanecer del día siguiente, Max Huber comentó sencillamente:

— ¡Juro que no oí ninguna palabra articulada! Pero los mosquitos son peores… Una hora más tarde comenzó a llover torrencialmente, y los viajeros se vieron forzados a buscar refugio bajo la copa tupida de un gomero, cuyo follaje no dejaba pasar el agua. Empero, la tormenta cesó con tanta rapidez como se produjo y la balsa volvió a navegar antes de las ocho de la mañana.

A mediodía no se detuvieron; Khamis cocinó el almuerzo a bordo para ganar tiempo, y la navegación prosiguió sin inconvenientes de ninguna especie.

Pronto la balsa llegó a una parte en que si bien el río no se estrechaba los enormes árboles que había en ambas orillas tendían sus ramas sobre las aguas, a veinte metros de altura, formando un túnel natural de verdura que impedía casi el paso de los rayos solares. Los viajeros no podían menos de apreciar esta particularidad, que tornaba más cómoda la navegación, resguardándolos del excesivo calor.

—Decididamente, la selva del Ubangui es un verdadero parque —comentó John Cort— Un parque con macizos arbolados y agua corriente.

—Un parque para los monos —observó Max—. Parecería que todos los cuadrumanos de África se han dado cita aquí.

Esta observación se justificaba ante la enorme cantidad de gorilas, chimpancés y monos más pequeños que aparecían constantemente en las márgenes del río.

—Después de todo, entre ciertas tribus congolesas y los monos antropoides mayores, hay escasas diferencias —prosiguió diciendo Max—, por lo que no hay que extrañarse que estando en el centro de África parezcan multiplicarse los simios. ¡Ocurre que es difícil diferenciar hombres de monos!

Esta observación formulada en broma, hizo que los dos amigos comenzaran a discutir la teoría de Darwin y la evolución, sobre lo que, como siempre, quedaron en desacuerdo pese a que ninguno de los dos la aceptaba.

Entretanto los cuadrumanos, como si hubieran imaginado que se trataba de algo relacionado remotamente con ellos, parecían dispuestos a tomar parte en la discusión. Khamis los observaba con creciente intranquilidad, pues las manifestaciones hostiles se multiplicaban y hubiera podido creerse que aquel verdadero ejército simiesco se estaba preparando para saltar sobre la balsa y atacar a los tripulantes.

— ¡Tengamos las armas listas! —dijo por fin el guía, interrumpiendo a los dos amigos—. No me resulta agradable observar cómo están reaccionando estos monos…

— ¡Bah! ¡Con una descarga los haremos huir a todos! —repuso el francés, despreocupado como de costumbre.

— ¡No tire, señor Huber! —Khamis arrancó casi el rifle de las manos de Max— ¡No debemos provocarlos! ¡Correríamos un terrible peligro si estas bestias llegan a enfurecerse!

— ¡Pero comienzan a arrojarnos trozos de ramas! —exclamó John inquieto.

—No contestemos hasta que sea imprescindible —replicó el guía con acento terminante.

La agresión no tardó en formalizarse. De la costa partían piedras, trozos de ramas, frutos silvestres dotados de fuerzas colosales.

Khamis trató de mantener la balsa a igual distancia de ambas orillas, para que los tiros fueran menos fuertes y certeros. Por lo demás el número de los enemigos aumentaba incesantemente; parecía que, como dijera un rato antes Max Huber, toda la población simiesca del África hubiera resuelto atacarlos.

Por fin el francés, que era el de genio más vivo, no pudo contenerse más. Llevándose el fusil al hombro, apuntó brevemente y disparó, diciendo:

— ¡Esto ya es demasiado! —un gorila, que acababa de asomar la cabeza entre el follaje de la costa, se tambaleó, desplomándose con una bala entre los ojos.

Pero la agresión en lugar de cesar, aumentó con este hecho. Parecía que aquellos cuadrumanos hubieran estado dotados de raciocinio superior a sus congéneres, y advirtieran la desdichada situación en que se hallaban los viajeros.

— ¡No tiremos más! —exclamó John Cort—. Es peor. Total, por ahora lo más que puede ocurrir es que salgamos de este lance con alguna contusión sin importancia…

—Gracias por lo que me toca —repuso Max, que acababa de recibir una pedrada en la pierna izquierda.

Continuaron descendiendo, perseguidos por la doble escolta de monos, que continuaba arrojando piedras y ramas, al mismo tiempo que chillaba furiosamente, como desafiando expedicionarios.

Entretanto, el cauce del río se estrechaba por momentos, aumentando con ello la velocidad de la corriente y por ende la rapidez de la balsa.

Lo malo de la situación estribaba en que si bien los cuadrumanos nunca se hubieran atrevido a lanzarse al agua para abordar a la balsa, las enormes ramas de los árboles, al entrecruzarse sobre el río, les daban un punto de apoyo desde donde saltar sobre los viajeros. Esto fue precisamente lo que intentaron hacer cinco o seis gorilas al promediar la tarde.

Adelantándose unos cincuenta metros, se colgaron de las copas de los árboles con evidentes intenciones de dejarse caer sobre la almadía, que se acercaba a ellos. John Cort fue el primero en verlos y adivinar sus intenciones.

— ¡Fuego contra ellos! —gritó, señalándolos.

Tres detonaciones resonaron simultáneamente y tres monos, mortalmente heridos, cayeron al río.

En medio de alaridos y rugidos coléricos, unos veinte cuadrumanos saltaron hacia las ramas y lianas, dispuestos a dejarse caer. Los tres hombres se apresuraron a trascargar nuevamente los rifles, abrieron fuego graneado. Diez o doce cuadrumanos fueron abatidos y por fin los demás, descorazonados, se batieron en retirada, golpeándose el pecho con los enormes puños y lanzando terribles alaridos de desafío.

La balsa había sobrepasado ya aquel puente vegetal; el río seguía estrechándose y a un centenar de metros el agua bullía y rugía, levantando espuma. Era evidente que allí había un fuerte remolino.

Khamis, que llevaba en la diestra la espadilla con que procuraba mantener la dirección de la almadía, no podía evitar que el remolino se apoderara de la embarcación. Por otra parte era peligroso dirigirse hacia la orilla pues en ella aguardaban los monos, dispuestos a reanudar sus ataques.

De inmediato, viendo que la corriente hacía girar lentamente a la balsa y la enviaba hacia la costa de la derecha, los tres fusiles se dirigieron hacia allí y abrieron fuego sobre los monos que se apiñaban, esperando.

Sin embargo lo que puso en fuga a los monos no fueron las armas de los viajeros, sino la tormenta que se descargó súbitamente sobre las márgenes del afluente del Ubangui. Tras varios truenos y relámpagos, seguidos de un rayo que despertó ecos dormidos en el fondo de la jungla, grandes gotas de agua comenzaron a caer, empapando a monos y hombres. Los simios, instintivamente temerosos de semejantes demostraciones de la Mera celeste, huyeron en busca de refugio. En pocos minutos las dos costas del río quedaron desiertas, excepto una veintena de cuerpos inmóviles que no se movieron de donde cayeran por efectos del plomo de las tres carabinas de los viajeros.

10. ¡NGORA!

Al día siguiente el cielo se había tranquilizado, o tal vez correspondería mejor decir que estaba agotado por el exceso de desgaste provocado por la tormenta. Los viajeros, que buscaran refugio bajo las ramas cubiertas de forraje de un enorme baobab, a cuyo tronco amarraran la almadía, estaban dispuestos a proseguir la navegación costara lo que costara, pues según los cálculos de Khamis, si el curso del río no se desviaba, llegarían al Ubangui en poco más de veinte días, considerando que la corriente había aumentado de velocidad.

Mientras limpiaban sus carabinas, que después del tiroteo de la víspera lo necesitaban, Max y John comentaron los acontecimientos.

—La tormenta ha sido muy oportuna —dijo el norteamericano—. No sé qué hubiéramos hecho si los monos no se hubiesen retirado.

—Tienes razón. Pero debemos mantenernos alerta, pues no sería difícil que volvieran, ahora que el tiempo ha mejorado…

Khamis compartía este temor, pero tras echar una mirada sobre las copas de los árboles cercanos, se tranquilizó, pues no se advertía ningún simio, y la selva estaba silenciosa.

— Espero que no tengamos otro encuentro con semejantes brutos, mi querido John —dijo Max, terminando de limpiar su carabina—. Nos quedaríamos sin municiones…

— ¡Y pensar que ese desdichado pretendía establecer relaciones sociales con tales energúmenos! ¡Qué mundo éste! Es necesario que para tamaña pretensión aparezcan tipos como el doctor Johausen, el profesor Gardner o algunos de los sabios que conocí en mis tiempos de estudiante en la Sorbona…

—Bueno, tras la experiencia de mi compatriota Gardner, me parece que habrá pocos que pretendan establecer semejantes relaciones rotas hace ya tanto tiempo…

—Al pobre doctor Johausen deben de haberle roto los huesos y no las relaciones, mi estimado amigo…

— ¡Bah! Ya sabemos que los animales no son otra cosa que irracionales y que deberán continuar siéndolo…

—Y muchos hombres también, John —Max dejó de reír y se puso muy serio —. Lamento profundamente regresar a Libreville sin llevar noticias del doctor.

—Antes tenemos que pensar en atravesar esta selva infranqueable, Max…

—Eso lo haremos.

—De acuerdo, pero me gustaría que ya hubiéramos terminado…

El viaje no presentaba ya dificultades para el optimista francés. Y sin embargo, aún faltaban centenares de kilómetros en medio de peligros desconocidos para el hombre blanco.

En aquel momento Khamis, que estaba ocupado preparando el desayuno, los llamó a comer. Llanga apareció llevando algunos huevos de pato silvestre, que fueron reservados para el almuerzo.

—Lo que lamento es haber perdido tantas balas inútilmente —comentó John—. Podríamos aprovechar esos animales y reaprovisionarnos de carne.

— ¡Puaf! —exclamó Max, asqueado.

— ¿Qué? ¿Te disgusta?

— ¡Caramba, John! ¡Sería repugnante! ¡Carne de mono!

—No es tan mala —afirmó Khamis—. Muchas tribus del Congo la comen con deleite.

— ¡Pero son antropófagos!

— Creo que en caso de necesidad, yo no vacilaría —terció el norteamericano.

— ¡Pues tú también serías un caníbal! ¡Es como comer a un semejante!

— ¡Gracias por lo que me toca! —dijo John, lanzando una carcajada.

En definitiva y para tranquilidad del estómago del francés, los restos de los antropoides muertos durante la batalla quedaron abandonados a las aves de rapiña.

La balsa volvió a la corriente. Khamis maniobró con suma habilidad, teniendo gran trabajo en mantener el curso y evitar los remolinos formados en el mismo centro del río. Max y John debieron colaborar utilizando pértigas hechas con ramas de árbol, y una hora después la almadía estaba del otro lado del peligroso lugar.

El día prometía ser hermoso. Ni amenazas de lluvia ni síntomas de tormenta sobre el horizonte. Un sol radiante iluminaba el curso líquido, los pájaros cantaban sobre los árboles y el calor volvía a ser tórrido, sin que lo disminuyera una suave brisa del norte, que hubiera servido para ayudar a la navegación de haberse dispuesto de una vela.

El afluente del Ubangui volvía a ensancharse paulatinamente a medida que se dirigía hacia el sudoeste. Ya no había posibilidad alguna de que las ramas de los colosos de la jungla se cruzaran sobre las aguas, con lo que los ataques de los monos no eran de temer. Por otra parte, los antropoides no volvieron a presentarse.

John Cort derribó a tiros a varias aves zancudas, que sirvieron para el almuerzo, acompañadas por los huevos que recogiera el pequeño Llanga.

El resto del día transcurrió sin sobresaltos, pero al caer la tarde, Khamis, que timoneaba con la espadilla, llamó a Max y se la entregó, corriendo a ubicarse en la parte delantera de la balsa.

— ¿Qué ocurre? —inquirió el francés.

— ¡Miren!

Y el guía señaló con la mano una violenta agitación de las aguas.

— ¡Otro remolino! —exclamó Max con acento contrariado.

—No, señor Huber. No es un remolino.

— ¿Y entonces?

La respuesta a esta pregunta fue dada por una columna de agua proyectada hacia lo alto desde la superficie de las aguas.

— ¡Caramba! ¿Acaso hay ballenas en los ríos de África? —inquirió el francés.

—Ballenas no. Hipopótamos.

Un resoplido ensordecedor se dejó escuchar casi de inmediato, y en el sitio donde se levantara el chorro de agua, surgió una cabeza enorme, con una boca monstruosa y un par de ojos semejantes a dos linternas oscuras y relucientes.

Ante aquel animal, ni siquiera Max Huber sintió deseos de probar su puntería, pese a que es sabido por los exploradores africanos que la carne de hipopótamo tiene un sabor parecido a la del cerdo. Mientras el anfibio no tratara de atacarlos, los viajeros procurarían mantenerse a distancia, sin provocar su cólera. Un choque con semejante masa de carne y músculos hubiera podido ser fatal para todos.

— ¡Qué nadie se mueva! —ordenó Khamis—. Tratemos de pasar inadvertidos, pero estemos preparados para arrojarnos al agua en caso de necesidad.

—Yo me encargo de Llanga —dijo Max.

Los cuatro se tendieron de bruces sobre la almadía, permaneciendo inmóviles y sin hablar, mientras la corriente arrastraba la embarcación por el centro del río.

Durante algunos segundos la ansiedad creció… la cabeza del anfibio había desaparecido bajo las aguas: ¿acaso estaba por emerger arrojando la balsa por los aires y atacando a los tripulantes?

Por fin el punto peligroso fue sobrepasado, y todos respiraron llenos de alivio. Naturalmente, cazadores experimentados y valerosos como ellos no podían atemorizarse ante un solo hipopótamo. En muchas oportunidades lo habían enfrentado exitosamente, pero ahora la situación era distinta, las circunstancias muy desfavorables. Por eso fue tranquilizador observar que el animal se había ido a reposar al fondo del río, como acostumbran a hacerlo esos monstruos acuáticos.

Al anochecer Khamis detuvo la almadía junto a la desembocadura de un pequeño arroyo tributario, donde encontraron no sólo moluscos comestibles, sino también árboles frutales. Aquello hubiera sido perfecto, pero lo estropeaban los enormes mosquitos que comenzaban ya a merodear sobre la orilla.

Por fortuna el pequeño Llanga tenía muchos recursos adquiridos durante sus primeros años de vida. Llamando a Khamis le señaló los montones de boñiga seca dejada por los rumiantes, antílopes, ciervos y búfalos que acudían a abrevarse a aquel sitio durante la noche. El guía comprendió. Mezclando la boñiga con la leña de una hoguera, se consigue ahuyentar a los mosquitos y demás insectos, que escapan del humo acre y espeso así producido.

Durante la noche el fuego se mantuvo encendido, turnándose los viajeros para alimentarlo, a medida que cambiaban la guardia. Así, cuando despuntó el día, todos estaban descansados tras una noche de sueño reparador, y pudieron reiniciar la navegación sin inconvenientes.

Durante la primera parte de la jornada, dos docenas de monos de alta talla y miembros fornidos se mostraron con gestos amenazadores desde la orilla derecha. Como nada se advertía en la izquierda, Khamis procuró mantener la balsa más cerca de ésta que de aquélla.

Después del almuerzo, el guía se sintió muy intranquilo, pues el río trazaba un codo pronunciado, modificando hacia la derecha su recorrido, en ángulo casi recto. No cabía duda alguna que el «Río Johausen» desembocaba en el Ubangui, pero si se desviaba algunos centenares de kilómetros hacia el este, la situación se tornaría bastante crítica.

Pero una hora más tarde el curso de agua retomaba su orientación primitiva, lo que permitió calcular a Khamis que después de todo, su confluencia con el Ubangui sería muy cercana al límite del Congo Francés.

Estaba ya poniéndose el sol, cuando los viajeros hicieron tierra nuevamente. Mientras Khamis preparaba la hoguera, el pequeño Llanga buscó infructuosamente moluscos o frutos silvestres para mejorar la cena.

Luego, descorazonado, se dirigió hacia la orilla del río para mirar cómo varios troncos, arrastrados por las aguas, pasaban frente al campamento.

Uno de aquellos restos flotantes conservaba aún su follaje, con frutas y hojas. Pero no fue esto lo que llamó la atención del pequeño nativo, sino algo que se movía entre las ramas y hojas. ¿Sería acaso un animal?

Estaba ya a punto de avisar a sus protectores, cuando se produjo un nuevo incidente. Un grito ahogado, singular, que era más bien un llamado lleno de desesperación, resonó sobre el tronco, y luego un cuerpo pequeño y oscuro se lanzó al agua, con el propósito evidente de alcanzar la costa.

Llanga creyó reconocer en aquel ser a un niño de corta edad, o mucho menor que él. ¿Podría la criatura llegar a tierra, o la corriente lo arrastraría irremisiblemente?

El protegido de Max y John advirtió que las fuerzas faltaban al diminuto nadador, qué se debatía, desapareciendo frecuentemente bajo la superficie agitada de las aguas. Entonces, sin pensarlo dos veces, respondiendo a un sentimiento humanitario que era en él una segunda naturaleza, Llanga se arrojó al río y alcanzó a la criatura en el momento en que se hundía nuevamente.

Al mismo tiempo los tres hombres, que habían escuchado los gritos del ser que se debatía entre las aguas, corrían hacia allí.

Viendo que Llanga sostenía un cuerpo más pequeño que el suyo y trataba de llegar a la orilla, le tendieron la mano, ayudándolo a subir.

— ¿Qué diablos fuiste a buscar, Llanga? —le preguntó Max.

—Un niño… Llanga sacar un niño… se ahogaba.

— ¿Un niño? —inquirió a su vez el norteamericano.

—Sí, amigo John… un niño.

El pequeño nativo se arrodilló junto al ser que acababa de salvar de las aguas; el francés lo imitó.

— ¡Pero no es una criatura! ¡Es un monito! —exclamó inmediatamente, contrariado—. ¡Y tú arriesgaste la vida para salvar a un simio!

— ¡No… no… es un niño! —insistió Llanga.

— ¡Te digo que es un mono pequeño! Harías bien enviándolo a reunirse con su familia.

El pequeño nativo insistía en querer ver en aquel diminuto mono a una criatura de corta edad, y no queriendo dejarlo, lo alzó en sus brazos.

Luego, sin decir palabra, lo llevó al campamento y lo friccionó con fuerza hasta hacerlo reaccionar, esperando a que volviera a abrir los ojos.

Sin perder más tiempo los viajeros comieron y luego se acostaron a dormir, quedando Khamis de guardia y Llanga reclinado junto al pequeño antropoide, observando cada movimiento que realizaba. Por fin, a medianoche, el monito se sacudió, abrió los ojos y con voz débil pero clara, exclamó:

— ¡Ngora! ¡Ngora! —como un niño negro llamando a su madre.

11. LA JORNADA FATAL.

Los viajeros habían recorrido ya aproximadamente doscientos kilómetros, en parte caminando, en parte a bordo de la almadía. ¿Cuánto les faltaba para alcanzar el Ubangui? El guía opinaba que la segunda mitad del viaje sería mucho más veloz que la primera, siempre y cuando ningún obstáculo entorpeciera la navegación.

Al día siguiente del rescate del pequeño ser, que Llanga insistía en llamar «niño», se embarcaron para proseguir el viaje. Max y John estaban tan seguros que el diminuto accidentado era un simio, que no se molestaron siquiera en examinarlo de cerca. Llanga se les acercó, insistiendo en repetir que el monito había dicho la palabra «madre» en dialecto congolés, pero consideraron que el muchachito había soñado y no volvieron a pensar en el asunto.

Cuando caía el sol y la balsa se aproximaba a la orilla, Max vislumbró entre los árboles la figura espléndida de un búfalo salvaje abrevándose.

Alzando la carabina, llamó a John:

—Allí está nuestra cena aguardando —le dijo—. Prepárate a hacer fuego si llego a fallar.

Por fortuna la puntería del francés seguía siendo tan buena como siempre y no resultó necesario gastar otra bala. El rumiante se desplomó con el cráneo partido por el proyectil, y Khamis acercó la balsa a aquel sitio con un simple golpe de espadilla.

Mientras esto ocurría, Llanga, habitualmente tan curioso y atento a todo lo que sus amigos blancos hacían, estaba reclinado junto al monito, que yacía acostado sobre un montón de hierbas, con los labios descoloridos y la frente hirviendo. Al resonar el disparo, el pequeño ser se había estremecido, murmurando la única palabra que le oyera decir Llanga hasta el momento:

— ¡Ngora! ¡Ngora!

Esta vez el nativo comprendió que no se equivocaba, que había escuchado perfectamente. Conmovido por ese doloroso llamado, tomó la mano de la criatura y trató de hacerle beber un sorbo de agua. Su simpatía, producto de una piedad bien natural, se unía al pensamiento de que aquella palabra parecía a punto de perderse con el último suspiro exhalado por esos labios violáceos.

¿Un mono? ¡No! Tal vez no era un niño normal, pero esa criatura tenía más características humanas que simiescas.

Mientras la almadía retomaba su curso, cargada esta vez con el cuerpo del búfalo que Khamis estaba faenando diestramente, Llanga llamó a sus protectores.

— ¿Qué?—le preguntó Max Huber sonriendo—. ¿Cómo va tu mono?

— No ser mono —repuso el niño con toda seriedad—. Ser criatura… distinto, pero no mono.

—Escucha, Llanga —intervino John Cort seriamente—. ¿Por qué insistes en decir que es una criatura?

—Porque llamar a madre… anoche y ahora.

— ¿Quieres decir que ha hablado?

—Sí. Llamando toda la noche ngora… madre.

Los ojos del norteamericano se abrieron enormemente.

— ¡Es la palabra que oí yo anteriormente! —exclamó—. ¿Será posible?

—Verifiquemos —le contestó Max.

Los dos se dirigieron hacia el improvisado lecho del pequeño enfermo y lo estudiaron.

A primera vista no parecía otra cosa que un cachorro de cuadrumano, pero observándolo cuidadosamente era fácil advertir diferencias esenciales. Sus pies eran humanos. Tenía los brazos proporcionados al cuerpo y era lampiño.

—Curioso… muy curioso —murmuró John Cort, que como hemos dicho era un entusiasta estudioso de la antropología.

La cabeza de la criatura era redonda, tenía pronunciados arcos superciliares, nariz ancha y en general parecía más humano que simiesco.

Los dos amigos permanecieron observando en silencio, esperando que se abrieran los ojos del pequeño. Su respiración era menos agitada y por fin sus labios se distendieron:

— ¡Ngora! ¡Ngora! —repitió una vez más.

— ¡Caramba! —se limitó a decir Max Huber.

Aquel ser, fuera lo que fuese, si bien no ocupaba un lugar prominente en la escala zoológica, poseía el don de la palabra. ¡Por lo tanto era humano!

Entretanto, John, inclinado hacia adelante, estudiando los detalles anatómicos, advirtió que la criatura tenía en derredor del cuello un cordón de seda. Haciéndolo deslizar para buscar el nudo sus dedos tropezaron con un objeto pequeño y redondo.

— ¡Una medalla! —exclamó.

— ¿Cómo? —le preguntó su amigo.

John desató el cordón. Así era. Una medalla de níquel, del tamaño de una moneda de cincuenta centavos, con un perfil grabado de un lado y un nombre del otro.

— ¡Imposible! —gritó Max Huber—. ¿De dónde sacó esta criatura una medalla de las que regalaba el doctor a sus amigos indígenas?

Aquello era un verdadero acertijo. John se volvió hacia la proa de la balsa para llamar al guía y pedirle su opinión, cuando resonó la voz del fiel nativo:

— ¡Señor Max! ¡Señor John! ¡Vengan rápido!

Los dos amigos se apresuraron a obedecer. Khamis señaló hacia adelante, diciendo:

— ¿No oyen nada?

Quinientos metros río abajo el curso de agua giraba bruscamente hacia la derecha, formando un codo que los árboles cubrían parcialmente.

Desde allí llegaba un mugido sordo, constante y amenazador, que no se parecía en nada a los rugidos de las fieras de la selva. Era algo distinto, que aumentaba a medida que la balsa de acercaba.

—No alcanzo a identificarlo —observó Max.

—Tal vez se trata de una caída de agua o una catarata —repuso el guía —. El viento sopla del sur y está demasiado húmedo.

Khamis no se equivocaba. Flotando sobre la superficie del río se alzaba un vapor húmedo que no podía provenir de otra cosa que de una violenta agitación de las aguas.

Si el río estaba obstruido por algún obstáculo y la navegación debía interrumpirse, sería un terrible inconveniente para los viajeros, que tendrían que comenzar nuevamente a caminar a través de aquella selva impenetrable.

La almadía cobraba mayor velocidad con cada minuto transcurrido, y cuando franquearon el codo del río, los temores del guía se convirtieron en terrible realidad.

A un centenar de metros de allí, una hilera de rocas negras formaba una especie de dique natural, que obstaculizaba la circulación de las aguas del río, tornando imposible la navegación.

Los viajeros conservaban su sangre fría. No tenían un minuto que perder y lo habían comprendido.

— ¡A la orilla! —gritó Khamis—. ¡A la orilla!

Era ya casi de noche, y el crepúsculo cedía paso rápidamente a las tinieblas. Esta dificultad, unida a la falta de medios para maniobrar a satisfacción la tosca embarcación, preludiaba un desastre que no tardó en producirse.

Pese a los esfuerzos de Khamis, la espadilla no servía para luchar contra la corriente, y al unir Max y John sus fuerzas a las del guía, el improvisado timón se quebró.

— ¡Prepárense a saltar sobre las rocas! —gritó Khamis.

— ¡No nos queda otro remedio! —repuso el norteamericano, también gritando. Llanga, que acababa de comprender el peligro que corrían, no pensó en él sino en el pequeño que salvara la noche anterior, y lo alzó en sus brazos.

Un minuto después, la balsa era capturada por los rápidos y lanzada contra las rocas.

En vano Khamis y sus compañeros arrojaron a toda velocidad sobre uno de los peñascos las armas, municiones y el escaso equipo, tratando de salvarlo antes de saltar también ellos. No pudieron seguir a aquellos utensilios y fueron precipitados al torbellino donde acababa de destrozarse la almadía, cuyos restos reaparecieron más allá de las rugientes aguas, flotando río abajo.

12. EN LA SELVA.

Al día siguiente, tres hombres estaban tendidos cerca de una hoguera cuyos últimos fuegos se extinguían lentamente. Vencidos por la fatiga, incapaces de resistir al sueño, tras haberse vuelto a poner las ropas que se secaron junto a las llamas, dormían.

¿Qué hora era? ¿Sería de día o de noche? Ninguno de ellos hubiera podido decirlo. ¿En qué dirección estaba el Poniente? De haberse formulado esta pregunta, los tres hubieran sacudido la cabeza sin poderla contestar.

¿Es que acaso estaban en el fondo de una inmensa caverna? No, pero era lo mismo o peor. Se hallaban en medio de la selva más tupida que ser humano alguno haya recorrido. En derredor de ellos se alzaban árboles inmensos, lianas y malezas que obstaculizaban el paso de la luz tan eficazmente que resultaba difícil saber cuándo iluminaba el sol y cuándo era de noche.

¿Por qué serie de circunstancias habían llegado aquellos tres hombres, en quienes el lector reconocerá a Khamis, John Cort y Max Huber, hasta allí? Ellos lo ignoraban. Tras el desastre que les costara casi la vida, habían perdido el conocimiento, arrastrados por las aguas del torbellino líquido. ¿A quién debían pues su salvación? ¿Quién los había transportado hasta allí, dejándolos junto a una hoguera para que se secaran y no aguardando a que despertaran para hacerse conocer?

Misterio profundo.

Por desgracia no todos habían escapado a la catástrofe. Faltaba uno de ellos, el pequeño Llanga, y también la criatura que el protegido de los dos amigos salvara del río. Por su parte los tres sobrevivientes no se hallaban en situación brillante. No tenían armas ni utensilios de ninguna especie excepto sus cuchillos de monte y el hacha que Khamis llevaba en la cintura. ¿Cómo harían para comer, cuando se les terminaran los trozos de antílope, que —cosa extraña—, sus desconocidos salvadores depositaran junto a ellos en el calvero de la selva?

John Cort fue el primero en despertar, en medio de una oscuridad que la noche no hubiera podido tornar más profunda. Antes de llamar a sus dos compañeros, miró en derredor, con sus ojos acostumbrados a las tinieblas, y viendo que la hoguera se había convertido en un rescoldo, se levantó y agregó leña, hasta avivar las llamas.

— ¡Ahora veamos qué podemos hacer! —se dijo a media voz.

Cuando Max y Khamis estuvieron también despiertos, comenzaron a cambiar ideas. Lo grave de la situación no escapaba a ninguno y no pretendían engañarse.

— ¿Dónde estamos? —preguntó Max Huber.

— ¿Adónde nos han transportado? —corrigió John—. ¿Y quién lo hizo?

— ¡Ignoramos hasta el día en que vivimos! —exclamó el francés con cierto desaliento.

El guía por su parte sacudió la cabeza. Ni siquiera sabía en qué condiciones se había realizado el salvataje.

— ¿Y Llanga? —preguntó el norteamericano —. Debe de haber perecido. Seguramente nuestros salvadores no lo alcanzaron a tiempo.

— ¡Pobre niño! —suspiró Max —. ¡Nos tenía verdadero afecto! ¡Pensar que lo salvamos de las garras de los Denkas para esto!

Los dos amigos hubieran arriesgado gustosamente la vida para salvar la del niño, y no pensaban siquiera en la criatura extraña que estaban examinando poco antes del choque. De pronto John Cort pareció recordar algo.

—Ahora que pienso. . . —dijo —. En el momento en que fuimos proyectados contra las rocas, creí ver en la orilla derecha del río las figuras acurrucadas de algunos nativos, que gesticulaban.

—Tienes razón… ¡también yo vi algo que se movía en esa dirección! —agregó Max.

— ¿Están ustedes seguros? —inquirió Khamis.

—Deben de haber sido ellos los que nos sacaron de las aguas.

— ¿Pero por qué nos abandonaron sin esperar a que recuperáramos los sentidos? —quiso saber John Cort.

— ¡Bah! Puede que sean tímidos. Tal vez en estos precisos momentos están espiándonos.

—Puede ser.

— ¡Pero qué lugar para dejarnos! —Max se estremeció involuntariamente — ¡Nunca pude imaginar que hubiera una selva tan impenetrable!

— ¡Lo peor es que ni siquiera sabemos si es día o noche!

Esta pregunta recibió pronta respuesta. Mirando atentamente hacia arriba, se advertía entre el opaco follaje, a un centenar de metros de altura, una vaga claridad que no podía ser otra cosa que la luz del sol filtrándose.

Los relojes de Max y John se habían estropeado a causa de la inmersión en las aguas del río. Así, pues, para saber qué hora era necesitarían salir de allí y buscar un claro desde donde pudiera verse el disco solar.

Mientras los dos amigos hablaban y cambiaban impresiones, Khamis se paseaba entre los troncos, como si hubiera estado tratando de recuperar su instinto de orientación, que parecía haberlo abandonado después del accidente. Por fin se detuvo y se acercó a los dos blancos.

—Señor Max... —dijo—. ¿Usted vio un grupo de nativos en la orilla derecha del río?

—Sí.

— ¿Está totalmente seguro?

—Si.

—En tal caso, suponiendo que esos hombres hayan sido nuestros salvadores, debemos de estar en la costa oeste.

—Posiblemente, pero... ¿a qué distancia? —agregó John —. Y ésta parece la parte más espesa de la selva...

—La distancia no puede ser muy considerable. Hablar de algunos kilómetros sería exagerado —opinó Max—. Es inadmisible que nuestros desconocidos salvadores nos hayan transportado lejos.

—Estoy de acuerdo —dijo Khamis—. Nos conviene regresar al río para construir otra balsa y reanudar la navegación. Además, tal vez consigamos rescatar las armas y municiones que arrojé sobre una roca.

—Si no encontramos las armas, tendremos que buscar un medio de sobrevivir hasta que lleguemos a la desembocadura del Ubangui —murmuró Max—, cosa que me resulta bastante problemática.

—Por lo demás aún falta orientarnos en esta boca de lobo —dijo John Cort —. Y no será tan fácil...

—Creo que podemos hacerlo... —exclamó el guía, que parecía haberse concentrado profundamente—. Vamos hacia allá.

Su dedo índice señalaba sin vacilaciones hacia una porción de lianas rotas y quebradas que debían de haber sido arrancadas para llevarlos a ellos hasta el calvero.

Más allá se adivinaba una senda oscura y sinuosa, que parecía practicable.

—Si no es ese el camino, a algún sitio conducirá —murmuró el norteamericano—. Pero antes de partir, comamos algo.

Repartieron un kilo de carne fría entre los tres y la comieron en marcha, llevando los restos del búfalo crudo.

En el momento en que se dirigía hacia el verdadero túnel vegetal que era la única salida practicable del calvero, Max cedió a un súbito impulso y llamó:

— ¡Llanga! ¡Llanga! ¡Llanga!

Fue en vano. Ningún eco devolvió el nombre del muchachito indígena.

—Partamos —dijo simplemente el guía, abriendo la marcha. Pero apenas había pisado la senda, exclamó—. ¡Una luz!

Max y John se adelantaron vivamente.

— ¿Serán los indígenas? —preguntó el francés.

—Esperemos un momento…

La luz, probablemente producida por una antorcha resinosa, había aparecido en dirección de los tres viajeros, a un centenar de pasos de distancia.

¿Hacia dónde se dirigía el portador de aquella antorcha? ¿Estaba solo? ¿Podía temerse un ataque o era alguien que acudía en ayuda de los tres hombres?

Khamis y los dos amigos vacilaron un instante antes de introducirse en la selva. Dos o tres minutos transcurrieron lentamente, pero la antorcha siguió en su lugar.

— ¿Qué hacemos? —dijo por fin John.

—Caminemos hacia esa luz y veamos qué pasa —propuso Max.

—Vamos —asintió Khamis.

Pero apenas el guía avanzó unos pasos, la antorcha comenzó a retroceder.

¿Qué significaba aquello? Los tres viajeros detuvieron su marcha y la antorcha también hizo alto. ¿Acaso el portador de esa luz pretendía ser seguido? ¿En tal caso… hasta dónde?

—Decididamente, es un guía como cualquier otro —decidió Max Huber—. Propongo que lo sigamos.

—Si nos saca de este laberinto, me sentiré agradecido —repuso John—. ¿Qué crees ahora, Max? Tienes por delante una aventura extraordinaria, ¿o esto le ocurre a todos los exploradores que se aventuran en esta selva virgen?

—Te diré… ya tengo bastante…

—Mientras ese «bastante» no se transforme en «demasiado», ¡todo va bien, querido amigo!

Después de cuatro o cinco horas de viaje, en que la antorcha se detenía cada vez que ellos lo hacían, para reiniciar la marcha luego, los tres compañeros habían recorrido aproximadamente veinte kilómetros.

Pese a que la intención de Khamis era seguir la luz hasta que sus piernas se negaran a sostenerlos, de pronto la selva volvió a quedar totalmente en tinieblas. La antorcha se había extinguido.

—Hagamos alto —dijo John Cort —. Evidentemente es una indicación para que nos detengamos.

— O una orden...

—Obedezcamos —exclamó el guía —. Podemos pasar la noche aquí.

— ¿Pero reaparecerá mañana la luz? —se preguntó inquieto el norteamericano.

Aquélla era la cuestión, y resultaba inútil formularse preguntas sin posibilidad de respuesta.

Tras cocinar un trozo de búfalo, Khamis descubrió un hilillo de agua que serpenteaba entre las hierbas y que era potable. Los viajeros saciaron la sed y se acostaron junto al tronco de un gran árbol, durmiéndose profundamente. Al otro día la antorcha luminosa los guio durante toda la jornada, en que terminaron de comer los restos del búfalo que llevaban. Una profunda aprensión se apoderó de los viajeros al comprender que al día siguiente necesitarían cazar alguna pieza, pues de lo contrario pasarían hambre.

Esta noche se detuvieron cuando la antorcha se extinguió. Una oscuridad profundísima rodeaba a todo y los tres compañeros, agotados, se acostaron, quedando profundamente dormidos.

Lo extraordinario fue que Max Huber, al cerrar los ojos, ¡creyó oír los primeros acordes de «El Cazador Furtivo», de Weber! ¡Absurdos provocados por la fatiga!

13. EL PUEBLO AÉREO.

Al día siguiente, cuando despertaron, los viajeros advirtieron sorprendidos que la oscuridad era mayor en aquel sitio de la selva. Para mayor penuria, la luz que los guiara hasta allí, no reapareció.

—Lo peor de todo es que no tenemos más alimentos —observó Max

Huber —, y que nadie parece molestarse por ello…

—Tal vez hemos llegado ya a algún sitio en particular —exclamó el guía.

— ¿Adónde? —inquirió John.

— ¡A donde nos conducían, querido amigo! —repuso Max con una sonrisa. Era una respuesta que no contestaba a nadie, pero respuesta al fin.

Ahora bien, si la selva estaba en tinieblas, no significaba que estuviera silenciosa. Desde lo alto llegaba hasta ellos un rumor desordenado, como si en las copas de los árboles se moviera gente. Mirando, les pareció distinguir una especie de plataforma gigantesca, pero no hubieran podido jurarlo.

Mientras esperaban, transcurrió una hora. Khamis se paseó entre los árboles, acechando.

¿Por qué los habría abandonado la luz que les sirviera de guía?

¿Qué les quedaba por hacer? ¿Quedarse allí? ¿Partir? ¿Y qué comerían en la ruta? Ya parecía que el hambre y la sed los torturaba…

— ¿No nos convendría seguir adelante? —inquirió el norteamericano, impacientándose por primera vez en su vida.

— ¿En qué dirección? —objetó Max Huber.

Aquélla era la pregunta. ¿Qué indicio les serviría para tomar una resolución al respecto?

— ¡No nos faltarán energías, qué diablos! —exclamó John —. Los árboles no están ya tan cerca uno del otro… Ya encontraremos un claro que nos permita ver el disco solar y orientarnos.

—Vamos —dijo Khamis.

Sin hablar más fueron a reconocer el terreno en una extensión de un kilómetro a la redonda encontrándolo semejante en toda su superficie, desnudo y seco, sin vegetación baja, como si hubieran tenido un techo que lo cubriera, impidiendo el paso de la lluvia, así como de los rayos solares. Por todas partes se veían árboles gigantescos cuyas copas se perdían en lo alto, en tanto que el rumor que les llamara la atención continuaba ininterrumpido y sin que pudieran identificarlo.

En varias oportunidades Khamis creyó ver siluetas humanas deslizándose entre los árboles. ¿Sería acaso una ilusión de los sentidos?

Ninguno sabía qué pensar. Por fin, tras media hora de moverse infructuosamente, los tres viajeros se sentaron junto a un enorme tronco.

Sus ojos comenzaban a acostumbrarse a la penumbra reinante, que parecía atenuarse gracias a los rayos oblicuos del sol, que lograban filtrarse entre la maraña.

— Algo se mueve entre la espesura —murmuró a media voz el guía.

— ¿Hombre o animal? —inquirió John Cort, mirando en la dirección señalada por Khamis.

—En todo caso se trataría de un niño pequeño —observó éste—. Es de baja estatura.

— ¡En tal caso será un mono! —exclamó Max.

Los tres permanecieron inmóviles para no atemorizar al cuadrumano.

Si conseguían atraparlo y pese a la repugnancia instintiva del francés, les serviría para alimentarse durante un par de días.

A medida que se les acercaba, el ser no demostraba ningún temor.

Caminaba sobre sus patas posteriores y se detuvo a algunos pasos de ellos. Entonces, entrecerrando los ojos, los viajeros advirtieron que era una criatura de corta edad y no un mono de la selva. Dominados por una enorme sorpresa, los dos amigos se miraron.

— ¡Es el chico salvado por Llanga en el río! —murmuró John.

— ¿Estás seguro? —le preguntó Max.

—Positivamente.

— ¿Pero cómo diablos llegó hasta acá?

— ¿No se equivoca, señor John? —terció el guía.

—Ahora mismo vamos a verificarlo —repuso el norteamericano, introduciendo la mano en el bolsillo y sacando la medalla que llevaba el pequeño colgando del cuello.

La criatura vio la medalla y corrió hacia ellos. Era evidente que su enfermedad había pasado. Cuando pasó junto al guía, tratando de recuperar la medalla, Khamis lo aferró reteniéndolo. De labios del extraño chiquillo surgieron entonces varias palabras:

— ¡Lo-Mai! ¡Ngala! ¡Ngala!

El significado de estas voces, en una lengua desconocida hasta para Khamis, que hablaba los diversos dialectos congoleses, no fue discutido por los viajeros, pues apenas acababa de gritarlas el niño cuando aparecieron ante ellos dos docenas de seres humanos, de baja estatura pero robustos y provistos de lanzas. Resistir hubiera sido fatal; los nativos rodearon a los tres hombres y sin forzarlos pero con firmeza les indicaron que debían seguirlos.

Tras recorrer quinientos metros, la partida llegó hasta dos árboles cuyos troncos crecían suficientemente cerca como para que sus ramas estuvieran entrelazadas, formando una especie de escalera natural, que se perdía entre el follaje de las copas. Los nativos hicieron subir a sus cautivos, siguiéndolos con agilidad de cuadrumanos.

A medida que trepaban, la luz se hacía mayor, cosa lógica pues, por los intersticios de las ramas se filtraban los rayos del sol.

El francés ya nada decía sobre su poca fortuna para tropezar con lo extraordinario. Esto entraba en la categoría de lo fuera de lo común, y la sobrepasaba.

Cuando la ascensión concluyó, estaban a setenta u ochenta metros sobre el nivel del suelo, y ante ellos se extendía una plataforma de gran superficie, perfectamente iluminada por la luz solar.

Pero lo asombroso era que allí había un pueblo, una verdadera aldea nativa, con sus chozas ordenadas en hileras regulares, sus calles y sus habitantes, hombres, mujeres y niños. Todos pertenecían a la raza de la criatura salvada por Llanga, con ciertos rasgos simiescos, pero evidentemente humanos.

Pero Khamis, Max Huber y John Cort debieron postergar sus observaciones para más adelante. Todo lo que pudieron advertir fue que aquellos seres tenían un idioma articulado, se vestían con hierbas entretejidas y usaban armas toscas pero eficaces.

— ¡Perfecto! —exclamó el francés—. Lo que me sorprende es que nadie parece asombrarse ante nuestra presencia. Tal vez ya conocen al hombre blanco…

Sus captores no se molestaron en tratar de comunicarse con ellos y trasladándolos hasta una de las chozas los hicieron entrar, dejándolos solos y con la puerta cerrada.

—Lo que me gustaría ahora sería un buen plato de comida —dijo entonces Max. Existen los prisioneros que se resignan y los que no toleran su cautiverio. John Cort, Khamis y sobre todo el impaciente francés no podían aguantar mucho tiempo estar entre aquellas paredes opacas que los aislaban del mundo exterior, impidiéndoles saber qué ocurría. Además el hambre los torturaba.

La única cosa que les llenaba de esperanza era que los nativos no se habían mostrado hostiles.

Por lo demás, el protegido de Llanga era uno de los habitantes de la aldea, y posiblemente convencería a sus mayores de las buenas intenciones de los extraños.

—Además si el pequeño fue salvado del remolino, es probable que también Llanga esté con vida —dijo por fin John Cort, lleno de esperanza —.Cuando sepa que tres hombres han sido traídos al pueblo, comprenderá que somos nosotros y nos buscará.

— ¡Esperemos que así sea… pobre Llanga! —repuso Max, conmovido.

Como si hubieran sido palabras mágicas, la puerta se abrió para dar paso al muchachito, que se precipitó en brazos de sus benefactores.

Tras las primeras manifestaciones de alegría, el chico explicó a sus amigos que los mismos nativos que le salvaran a ellos lo habían sacado de las aguas, llevándolo a la aldea aérea.

—Al chocar contra las rocas, Lo-Mai y yo…

— ¿Lo-Mai? —lo interrumpió John.

—La criatura que yo salvar antes del río.

— ¡Hasta nombre tienen! —comentó Max.

—Evidentemente —le contestó el norteamericano sonriendo—. Lo primero que debe de haber hecho el ser humano al aprender a hablar fue darse un nombre.

— ¿Cómo se llaman a sí mismos estos nativos, Llanga?

—Wagddis.

Esta palabra tampoco pertenecía a la lengua congolesa. Pero se llamaran como se llamaran, habían sido esos indígenas los salvadores de los náufragos, lo que evidenciaba un natural pacífico y hospitalario.

Al recuperar el conocimiento, Llanga se había encontrado en los brazos de un robusto ejemplar de Wagddi, que resultó el propio padre del pequeño Lo-Mai, quien a su vez era llevado por la madre. Era lógico creer que el niño se había extraviado en la selva y que sus familiares lo estaban buscando cuando presenciaron el accidente que casi costó la vida de Llanga y sus compañeros.

Todos se habían mostrado reconocidos al saber por boca de la criatura los cuidados que Llanga le prodigara, y ésta era otra demostración de humanidad en aquellos seres simiescos.

—Muy bien, Llanga —dijo Max Huber cuando el muchachito hubo terminado con su relato —. Pero la verdad es que nosotros nos morimos de hambre. Antes de proseguir con tus explicaciones, te agradeceríamos profundamente que nos consiguieras algo de comer…

Llanga salió de la cabaña, para regresar poco después llevando una bandeja con un gran trozo de búfalo asado, bananas, frutas de la acacia adansoniana y una calabaza llena de agua fresca.

La conversación quedó interrumpida por un rato. John, Max y Khamis necesitaban alimentarse y lo demostraron inmediatamente, sin preocuparse por la calidad de lo que comían. Pronto todo desapareció devorado por ellos.

Entonces prosiguieron interrogando a Llanga.

— ¿Has visto muchos wagddis? —inquirió el norteamericano.

—Si… muchos.

— ¿Y no bajan jamás de esta plataforma?

—Para cazar, buscar frutas y subir agua.

— ¿Entiendes su idioma?

—Algunas palabras, entenderlas. Otras no.

— ¿Cómo llaman a este pueblo aéreo?

—Ngala.

— ¿Tienen jefe?

—Sí.

— ¿Lo has visto alguna vez?

—No. Ellos llamarlo Msélo-Tala-Tala.

— ¡Son palabras congolesas! —gritó Khamis.

— ¿Qué significan? —quiso saber Max.

—«El Padre de los Espejos». . .

Aquélla era la expresión que utilizaban los nativos para designar a los hombres que usaban anteojos…

14. LOS WAGDDIS.

¡Su Majestad Msélo-Tala-Tala, gobernante del pueblo aéreo de los Wagddis!

¡Esto debía bastar para satisfacer hasta a la imaginación francesa de Max Huber!

—Creo que por una vez tú tenías razón y yo estaba equivocado —reconoció John Cort—. Todavía quedaban cosas extraordinarias en África.

—De acuerdo, mi querido amigo. Pero ahora que lo hemos comprobado, te diré que no pienso pasar el resto de mis días en esta localidad estudiando a sus habitantes.

El norteamericano lanzó una estruendosa carcajada.

— ¡Convendrás conmigo en que pueden hacerse ciertos sacrificios por la ciencia! —repuso —. ¡Tenemos que estudiar a los Wagddis!

—Sea, pero con dos condiciones…

— ¿Cuáles?

—Primero que nos dejen en libertad de movimiento por toda la aldea, y segundo que tras haber circulado libremente, podamos marcharnos en cualquier momento.

En realidad estas condiciones eran algo personales, pues la verdad era que los tres estaban en manos de aquellos salvajes y nada podían hacer para aliviar su cautiverio, más que confiar en la bondad y agradecimiento de sus captores.

En aquel momento apareció Lo-Mai, que viendo a su salvador corrió a prodigarle mil caricias. John Cort hubiera permanecido estudiando a la extraña figura, pero como la puerta estaba abierta, el impaciente francés se precipitó al exterior, forzando a sus amigos a seguirlo.

Así se encontraron en medio de una especie de plaza rectangular, rodeados por una multitud de wagddis, que iban a sus quehaceres sin prestarles atención, guiados por Lo-Mai que se había aferrado a la mano de Llanga.

Los dos blancos observaron a la población de aquel pueblo aéreo, tratando de captar alguna palabra en su idioma. Por su parte el guía reconoció numerosas voces de dialectos congoleses corrompidos y John Cort se sintió asombrado al advertir que aquellos nativos repetían dos o tres palabras en alemán, entre otras, la voz «vater», que significa «padre».

— ¿Qué quieres que te diga, John? —repuso Max cuando su amigo le llamó la atención sobre semejante descubrimiento—. Si uno de estos simios sin cola se me acerca y golpeándome la espalda me habla en latín, no me asombrará. Esto es demasiado fantástico para que llame la atención.

El pequeño Lo-Mai parecía orgulloso de pasear a los forasteros por el pueblo, y era evidente que los conducía a algún sitio determinado John estudiaba atentamente los rostros y características anatómicas de los wagddis, advirtiendo particularidades que anotaba mentalmente.

Aquellos seres, entre otras características humanas, tenían la de caminar pisando con todo el pie y no con los dedos recogidos, como los grandes monos antropoides. Además sus dentaduras eran totalmente humanas.

—Es una lástima que no sepamos el lenguaje de los aborígenes —comentó Max Huber. Khamis había intentado hablar con Lo-Mai utilizando diversos dialectos congoleses, pero fuera de algunas palabras en común, resultaba prácticamente imposible comprenderse.

Tras una hora de paseo, llegaron al extremo más alejado de la aldea aérea. Allí se alzaba una cabaña evidentemente de mayor importancia que las otras. Afianzada sobre las ramas de un gigantesco bombax, su techo se perdía entre el follaje.

¿Sería aquello el templo de los dioses de la extraña tribu? La ocasión de averiguarlo era magnífica y John Cort, con su inquisitivo espíritu científico, trató por todos los medios de hacerse comprender del pequeño. Por fin Lo-Mai pareció captar lo que le preguntaba el blanco y exclamó, señalando la gran cabaña:

— ¡Msélo-Tala-Tala!

¡Aquél era el palacio real de Ngala!

Sin más ceremonia Max Huber se encaminó hacia allí, pero el pequeño wagddi lo tomó de la mano para detenerlo, demostrando un verdadero temor.

— ¿Msélo-Tala-Tala? —inquirió el francés.

El pequeño asintió, tirándole siempre de la mano. Al mismo tiempo dos centinelas apostados ante la construcción se adelantaron haciendo gestos inequívocos con sus lanzas. La entrada al palacio estaba evidentemente prohibida.

Los visitantes siguieron a Lo-Mai hasta el centro de la villa, donde la criatura los introdujo en otra cabaña de sencillo aspecto, en cuyo interior había dos nativos, un hombre y una mujer.

— ¡Ngora! ¡Ngora, Lo-Mai! —dijo el pequeño, señalando hacia la mujer. Luego se volvió hacia el hombre y exclamó—: ¡Vater! Vater!

Esta última palabra, «padre», en alemán era realmente intrigante en labios de aquel salvaje.

Los padres de Lo-Mai recibieron afectuosamente a Llanga, a quien consideraban con razón el salvador de su hijito. Luego sonrieron a los tres viajeros, con los que no podían comunicarse más que por gestos.

Tras un cuarto de hora pasado en el interior de la cabaña estudiando el ambiente en que vivían los wagddis, los viajeros la abandonaron.

El padre de Lo-Mai los despidió en la puerta de su casa, con una amplia sonrisa extendiendo las dos manos, que Max y John estrecharon con más entusiasmo que Khamis.

15. TRES SEMANAS DE ESTUDIO.

¿Cuánto tiempo se quedarían Max, John, Khamis y Llanga en aquella exótica aldea?

¿No se produciría algún incidente que alteraría la situación relativamente buena en que se hallaban frente a los naturales? Por otra parte, considerando que lograran evadirse... ¿cómo harían para atravesar la jungla del Ubangui y llegar hasta el gran río?

Tras haber deseado tanto correr una aventura extraordinaria, Max Huber comenzaba a arrepentirse y sentía enfriar su entusiasmo. Ahora era el más impaciente por marcharse del pueblo aéreo y regresar a Libreville.

Por su parte el guía estaba furioso con su suerte, que lo llevara a caer entre las patas —porque para él eran patas — de aquellos seres extraños.

Era pues John Cort el menos apurado por marcharse, pues su antiguo entusiasmo por la antropología no había disminuido un ápice y tal vez nunca se le volvería a presentar una oportunidad como aquélla de estudiar a seres que podían clasificarse fácilmente de eslabón entre el hombre y el mono. Por eso quería permanecer por lo menos tres semanas en la aldea aérea. Nadie podía asegurarles que se quedarían mucho más tiempo, pero por lo demás el trato que recibían era cordial.

—Tenemos que entrar en conversaciones con el soberano de este pueblo — dijo Max, conversando sobre el tema con sus compañeros —. Es el único que puede ayudamos a partir y encontrar e1 camino indicado.

En realidad no debía ser tan difícil entrevistar al augusto personaje, a menos que hubiera algún tabú al respecto. Pero el grave problema era la forma de establecer comunicación con él. ¿Cómo hablar con el rey, si era imposible hacerlo con sus súbditos?

— ¡Estamos haciendo progresar a la antropología! —repitió John varias veces para consolar a sus compañeros. Pero el francés no tenía la pasta de un Gardner o un Johausen.

— ¡Que se vaya al diablo la antropología y los antropólogos! ¡Yo quiero irme de aquí!

Cuando regresaron a la cabaña que tenían asignada, los viajeros advirtieron que alguien había ordenado su interior, llevándose los restos de comida. Era evidente que los nativos eran limpios y bastante disciplinados, lo que les acordaba un punto más en su condición de seres humanos.

Numerosos objetos habían sido llevados, y si bien no había ni sillas ni mesas, habían colocado vasijas, platos con frutas y una especie de fuente con un gran trozo de oryx asado.

—Esto es muy importante —observó el norteamericano —. Los únicos seres que conocen el fuego son los hombres… Los animales nunca han cocinado sus alimentos.

Pero lo que más resultó del agrado de los viajeros fue descubrir en un extremo del recinto, cuidadosamente apilados, los efectos que creyeran perdidos en el naufragio. Sus carabinas, revólveres y municiones estaban allí, junto con la marmita que perteneciera al doctor Johausen.

—Esto habla en favor de la moralidad de los nativos —dijo enfáticamente John Cort—. Saben que no deben guardar lo que no les pertenece.

En aquel momento entró en la cabaña un joven wagddi, de unos dieciocho años de edad, rostro despejado y alegre, llevando más fruta y una calabaza con agua fresca, que depositó sobre el piso. Luego se golpeó el pecho y dijo:

— ¡Kollo!

John calculó que era el nombre del nativo, que evidentemente estaba a cargo de proveerlos de alimentos o quizás de vigilarlos, porque no se movió de la cabaña.

Durante los días siguientes los viajeros tuvieron oportunidad de ratificar sus primeras impresiones sobre las costumbres y el modo de ser de aquella extraña tribu. Los wagddis eran de buen carácter, silenciosos, trabajadores y nada curiosos, lo que los diferenciaba netamente de los demás nativos africanos en general. Tenían una agilidad envidiable, pero no se jactaban de ella descolgándose de las copas de los árboles y realizando piruetas extraordinarias con la más absoluta naturalidad.

Además revelaron tener una vista agudísima y gran precisión en el manejo de las armas, llegando a cazar pequeños pájaros al vuelo con sus flechas. En cuanto a los animales mayores, derribaban fácilmente a los antílopes, búfalos y hasta rinocerontes, utilizando azagayas y venablos.

Max Huber los acompañó en varias oportunidades durante sus excursiones de caza mayor, pero siempre en calidad de testigo, pues sus compañeros lo habían convencido de que no debía gastar municiones inútilmente.

Bajo la aldea corría un río muy semejante al que los viajeros bautizaron con el nombre de «Río Johausen». Probablemente era otro afluente del Ubangui, pero… ¿sería navegable? ¿Poseían los wagddis embarcaciones?

Era necesario saberlo para poder pensar seriamente en la fuga.

Max sospechaba que si sabían nadar era porque utilizaban el curso líquido para moverse, y por lo tanto, que debían de tener embarcaciones.

Así era. Se trataba de artefactos algo mejores que las balsas, pero inferiores a la piragua que utilizan tan profusamente otras tribus africanas.

En realidad no eran más que enormes troncos de árbol excavados por medio del fuego y convertidos en botes, primitivos pero sólidos.

Tras haber estudiado los aspectos materiales de la vida de los wagddis, John Cort se interesó en averiguar si tenían algún rudimento de vida religiosa.

—Creo que tienen cierta dignidad y moral, sentido de la propiedad y de la decencia —comentó con Max—, la familia está organizada con criterio bastante moderno y existen lazos afectivos entre hijos y padres, según pudimos verificarlo en el caso de Lo-Mai y sus progenitores.

—Y entonces, ¿qué les falta para ser totalmente humanos?

—Parecería que no tienen la menor noción de vida espiritual. No he visto ni ídolos ni representaciones religiosas de ninguna índole…

—A menos que la divinidad sea para ellos el famoso Msélo-Tala-Tala. Tal vez por eso no lo dejan ver a los forasteros.

Entretanto el pobre Khamis intentó varias veces abandonar la aldea, sin lograrlo. Por fin se produjo un serio incidente que de no haber mediado la intervención del padre de Lo-Mai, habría acarreado graves consecuencias.

Los guerreros que custodiaban la escalera que comunicaba la aldea aérea con la superficie de la tierra, detuvieron al guía en uno de sus intentos de exploración, y comenzaron a castigarlo con las astas de sus lanzas, hasta que apareció Lo— Mai, padre, terciando en favor de Khamis frente a uno de los jefes de los guerreros, un nativo a quien llamaban Raggi, de rostro brutal y pecho fornido.

Tras esta escena los viajeros esperaban ser conducidos a presencia del rey Msélo-Tala-Tala, pero para sorpresa de todos, nada ocurrió.

Un día, según los cálculos aproximados de los cautivos, era el 9 de abril, las circunstancias parecieron favorecer sus planes de evasión.

Desde la superficie del río se alzaron fuertes clamores. ¿Sería acaso un ataque llevado por otros indígenas enemigos de los wagddis, que pretendían tomar la aldea aérea?

Hubiera bastado incendiar la selva para provocar un verdadero desastre a los habitantes de Ngala…

De inmediato Raggi, y unos treinta guerreros corrieron hacia la escalera, descendiendo cono velocidad simiesca. Los cautivos, guiados por Lo-Mai padre, se ubicaron en un extremo del pueblo desde donde se podía presenciar la batalla.

Pero no se trataba de hombres. Los enemigos eran los cerdos de río, a los que los pobladores de la aldea aérea atacaban con el propósito de proveerse de carne. Los animales, verdaderos cerdos acuáticos, huían aterrorizados, destrozando todo cuando se oponía a su paso.

A través de las ramas de los árboles los prisioneros siguieron los pormenores de la cacería, que fue corta pero peligrosa.

Los guerreros desplegaban un extraordinario valor, arriesgándose a caer bajo las pezuñas y colmillos de los animales enfurecidos.

Max hubiera deseado buscar su carabina y colaborar con los wagddis, pero sus compañeros se lo impidieron, no deseando que gastara inútilmente las balas de que disponían. Además era conveniente evitar que los nativos se enteraran que poseían esas armas terribles, que debían servir como último recurso frente al peligro.

—Tienes razón, John —aceptó el francés de mala gana —. Puede que nos convenga cuidar la pólvora para un momento más oportuno…

16. SU MAJESTAD MSELO—TALA—TALA.

Tras tres semanas de cautiverio, suave y sin violencias, pero cautiverio al fin, los prisioneros no habían tenido aún la mejor probabilidad de escapar del pueblo aéreo. Esto resultaba molesto para Max Huber, insoportable para Khamis pero bastante agradable para John Cort, que aprovechaba cada momento disponible y estudiaba las costumbres y características del extraño poblado.

El tiempo se había mantenido magnífico. Un sol espléndido inundaba la gran plataforma, bañando cabañas y calles.

Las visitas de Max y John a los padres de Lo-Mai habían sido muy frecuentes, y lo único que faltaba para completar la etiqueta eran las tarjetas. O por lo menos, cierta comprensión del idioma. El norteamericano había aprendido algunas palabras, pero eso no bastaba para establecer una comunicación fluida con los nativos. Además siempre subsistía el misterio de los términos alemanes injertados en el lenguaje de los wagddis. ¿Acaso habían estado en contacto con misioneros germanos del Camerún? Era difícil pues hubiera habido alguna señal del paso de esos hipotéticos exploradores. En cuanto a las palabras congolesas era más explicable, pues en tiempos lejanos podían haber recibido la visita de nativos del Congo que hubieran contribuido con su idioma a elevar el nivel cultural de los wagddis.

Pero esto era una hipótesis más, sin mayores probabilidades de verificación.

Por fin cierto día los viajeros vieron aparecer a la familia Mai en pleno. Los tres, padre, madre e hijo, estaban adornados de pies a cabeza con pulseras, collares y anillos y ostentaban una medalla con la imagen del doctor Johausen cada uno. Este detalle hizo reflexionar a John Cort, que encontró extraordinario que semejantes reliquias hubieran viajado tantos kilómetros a través de la selva. Eso indicaba o bien que los wagddis tenían cierto contacto con el mundo exterior, o que otros nativos del Congo habían visitado recientemente el pueblo aéreo. Quedaba una tercera hipótesis, pero el norteamericano no se atrevió siquiera a formulársela.

— ¿Qué significa esta visita de etiqueta? —preguntó Max—. Nunca habían venido tan arreglados…

—Debe de ser día de fiesta —repuso John—. Tal vez hoy podamos resolver el problema de su religión.

Antes de que terminara de hablar, Lo-Mai padre dijo claramente:

— ¡Msélo-Tala-Tala!

El francés pensó que el soberano estaría por pasar frente a la cabaña y se asomó, pero todo lo que pudo ver fue el movimiento inusitado de los nativos de Ngala. De todas partes surgían wagddis ataviados con sus mejores galas.

—Algo ocurre —insistió John—. ¡Me gustaría entender su idioma!

—Veremos si consigo captar algo —repuso Max, volviéndose a Lo-Mai, le preguntó — ¿Msélo-Tala-Tala?

— ¡Msélo-Tala-Tala! —repuso el nativo, con el rostro radiante.

Supusieron que el rey de Ngala estaba por mostrarse a sus súbditos, pues no les quedaba otra suposición que formularse.

— ¡Vamos también nosotros! —exclamó el norteamericano, lleno de entusiasmo.

— ¡Vayan! —repuso Khamis con acento ligeramente despectivo—. Yo me quedaré a limpiar las armas…

El digno guía no lograba quitarse los prejuicios que lo dominaban…

Los dos amigos siguieron a los Mai, que con Llanga de la mano corrían a unirse a la multitud.

El pueblo estaba inundado de caras alegres y entusiastas; era indudable que se trataba de un día de fiesta.

Un millar de wagddis se dirigían hacia la plaza donde estaba la gran cabaña que servía de palacio real. Lo curioso de todo aquello era que ninguno se fijó siquiera en los extranjeros, que se acababan de sumar a la manifestación. Esto era uno de los rasgos menos humanos de aquellos seres, según declaró Max Huber.

Tras una larga caminata llegaron frente al palacio de Su Majestad Msélo— Tala— ala. Allí estaban formados dos centenares de guerreros, con sus lanzas y escudos, bajo el mando del corpulento Raggi, que había adornado su cabeza con un cráneo de búfalo y se erguía firme como una estatua.

—Probablemente el soberano pasará revista a sus tropas —observó John Cort.

—Y si no aparece significará que está prohibido verlo —repuso Max—. No sería el primer gobernante invisible del mundo…

Volviéndose hacia Lo-Mai padre, el francés hizo una serie de gestos que querían decir:

— ¿Saldrá Msélo-Tala-Tala?

El wagddi pareció comprenderlo, pues hizo un gesto afirmativo con la cabeza y repitió:

— ¡Msélo-Tala-Tala!

— ¡Por fin podremos contemplar su augusta faz! —exclamó el francés risueñamente, pese a que en verdad se sentía curioso por conocer al rey de aquel pueblo peculiar.

—Entretanto conviene gozar del espectáculo —agregó su amigo, mirando en derredor.

— ¡Con tal que el rey no sea una figura de madera o piedra!

—En ese caso ya no dudaré de clasificar como pertenecientes al género humano sin restricciones a los wagddis… ¡mira!

La multitud había dejado libre el centro de la plaza que había frente al palacio. Allí se dispusieron los jóvenes de ambos sexos que encabezaran la procesión, en dos líneas simétricas y comenzaron un baile rítmico y primitivo. Entretanto los mayores se sirvieron en cuencos de barro un líquido que sacaban de grandes calabazas y que evidentemente era una bebida fermentada.

— ¡Parece una kermese holandesa! —comentó Max.

Las aptitudes coreográficas de los wagddis eran menos que discretas, y en sus contorsiones había más de simiesco que de humano. En cuanto a la música, jamás una letanía más desordenada atacó los oídos de hombre alguno; los instrumentos musicales, toscos y primitivos, resultaron para Max Huber un verdadero tormento chino en manos de aquellos salvajes.

—No creo que posean sentido estético alguno —observó fríamente John.

— ¿Sentido estético? ¡Cada minuto que pasa me convenzo que no son más que monos parlantes! —gimió el francés.

— ¡Pero son sensibles a la música!

— ¡Muchos animales también… pero por lo menos no pretenden tocarla!

Así transcurrieron dos horas, y cuando se hubo consumido toda la bebida en existencia, se abrieron las puertas del palacio.

— ¡Por fin lo veremos! —exclamó el francés. Pero no fue Su Majestad quien salió, sino cuatro nativos llevando sobre angarillas un cajón rectangular, de regulares dimensiones. Los dos amigos se pararon en puntas de pie para ver mejor, y reconocieron el objeto: ¡un vulgar órgano de Baviera! Probablemente ese instrumento tomaría parte en las ceremonias más importantes de la tribu… pero… ¿de dónde lo habían sacado?

— ¡Pero ese órgano era del doctor Johausen! —balbuceó John.

— ¡Ahora comprendo por qué cuando recién llegamos a esta selva creí oír entre sueños el vals del «Cazador Furtivo»! ¡Extraordinario!

— Quiere decir que fueron los wagddis quienes visitaron al doctor…

—Seguramente terminaron con él y se llevaron el órgano.

Un magnífico ejemplar de wagddi, evidentemente el director de orquesta, se ubicó frente al artefacto y comenzó a dar vueltas a la manivela.

Gravemente, como poseído por una dignidad especial, el nativo hizo oír durante media hora consecutiva el dichoso vals. Luego, haciendo girar una palanca lateral, reemplazó la composición musical por una canción francesa.

¿Cómo había podido aprender a manejar aquella caja de música ese salvaje? Era indudable que alguien le había enseñado a hacerlo…

— ¡Esto es demasiado! —exclamó Max.

Otra media hora fue consagrada a la lacrimosa canción francesa «La gracia de Dios», de Loïse Puget. Lo malo del asunto fue que como el instrumento era barato y por lo tanto, de bastante deficiencias sonoras, faltaban notas, lo que irritó más aún a Max Huber, que era un amante de la música.

— ¡Estos bárbaros no lo han advertido! —dijo en el colmo de la exasperación — ¿No te das cuenta que no pueden ser más que una tribu de monos sin cola?

Pero los wagddis no parecían sentirse resentidos por los gritos del francés y las carcajadas sordas del norteamericano. No les hicieron caso y continuaron escuchando.

Una hora más tarde el organista continuaba alternando el vals alemán y la canción francesa, sin que su auditorio se sintiera fatigado. Por fin el concierto terminó en medio de la satisfacción general, y la bebida volvió a circular entre los wagddis de mayor edad.

Luego, mientras los guerreros se erguían más que nunca, Lo-Mai exclamó lleno de excitación:

— ¡Msélo-Tala-Tala!

— ¿Será cierto?— murmuró Max, que se había dejado caer al suelo agotado.

Así era. Mientras los asistentes comenzaban a gritar llenos de veneración, la puerta del palacio real volvió a abrirse y apareció una escolta de guerreros que abrió paso al trono, un viejo diván de tela floreada comida por la polilla, sostenido por cuatro portadores. Sobre el trono estaba sentado Su Majestad.

Se trataba de un personaje de unos sesenta años de edad, con una guirnalda de flores sobre la cabeza. Su larga cabellera y su barba eran blancas, y su abdomen alcanzaba dimensiones considerables.

Pero esto no fue lo que llamó la atención de los dos amigos, que lo miraron abriendo enormente los ojos.

—Es un hombre… —murmuro por fin John.

— ¡Sí… un hombre blanco! —agregó Max Huber.

No cabía la menor duda. ¡El rey de los wagddis era un europeo!

— ¡Y sin embargo nuestra presencia no le ha producido la menor emoción! —exclamó Max—. ¡No creo que pueda confundirnos con estos monos sin cola!

Ya estaba por gritar:

— ¡Eh, señor! ¡Mire hacia aquí! —pero John Cort lo tomó del brazo y palideció, en el colmo de la sorpresa.

— ¡Yo lo conozco! —murmuró —. ¡Sí, Max! ¡Es el doctor Johausen!

17. ESE POBRE DOCTOR JOHAUSEN...

John Cort había encontrado muchas veces al sabio alemán en Libreville, por lo que no había posibilidad alguna de error. ¡El rey de los wagddis era el doctor! Su historia era bien simple y los dos amigos comprendieron inmediatamente lo ocurrido.

Era evidente que los wagddis acostumbraban a realizar incursiones secretas fuera de su aldea aérea. Las luces que vieran al comenzar la aventura, cuando estaban en el campamento del portugués Urdax, y que tantos temores despertaran, no podían ser más que las antorchas con que aquellos hombres monos se iluminaban durante sus expediciones nocturnas. Por eso Max y Khamis las habían visto subir a los árboles para desaparecer luego. Los wagddis viajaban por las ramas como sus primos inmediatos, los simios antropoides...

De aquí a suponer que aquellos nativos eran los que se acercaran a la cabañajaula del doctor, atraídos por la música de su órgano portátil, no había más que un solo paso. Después de esto, era lógico imaginar que convencidos de la divinidad de semejante ser, los wagddis hubieran resuelto llevárselo con su caja de música, probablemente poniendo en fuga al servidor negro, que debía de haber muerto en la foresta.

— ¡Quiere decir que de no ser por el doctor Johausen, nosotros hubiéramos podido convertirnos en reyes de este pueblo! —comentó el francés riendo.

Esto explicaba todo lo que fuera inexplicable hasta ese momento.

Las palabras congolesas y alemanas en el vocabulario wagddi, el órgano tocado por un salvaje, la fabricación de ciertos utensilios de barro cocido demasiado difíciles para ser obra de una raza tan primitiva...

Los dos amigos regresaron a su cabaña. Algo los intrigaba, y cuando pusieron al tanto de las cosas a Khamis, Max exteriorizó su preocupación:

—No puedo comprender por qué el doctor no se inquietó por nuestra presencia... ni siquiera nos hizo comparecer ante él. Tiene que habernos visto. No creo que nos hayamos confundido tanto con sus súbditos.

—Estoy de acuerdo contigo, Max —dijo John Cort—. No alcanzo a comprenderlo.

—Quizás ignora que sus súbditos nos hicieron prisioneros —sugirió el guía.

—Imposible, Khamis. Hay algo que no comprendo, pero que debemos averiguar. . .

— ¿Cómo? —quiso saber Max.

—Buscando… tenemos que llegar hasta Su Majestad Msélo-Tala-Tala.

En realidad en todo aquello había una ironía sutil. El doctor Johausen había viajado hasta la selva virgen del Ubangui para estudiar a los simios y ahora era rey de una tribu salvaje que estaba muy poco por encima del nivel de los antropoides… Probablemente los wagddis lo habían hecho prisionero a causa de la admiración que provocara en ellos el órgano. Luego, al ver cómo el doctor curaba enfermos y realizaba otros milagros comunes en el mundo moderno, los nativos habían resuelto hacerlo jefe de Ngala, adjudicándole el sonoro nombre de Msélo-Tala-Tala.

¿Qué partido quedaba a los prisioneros? ¿El hecho de saber que el rey era un hombre blanco, alteraba en algo su situación? Tendrían que ponerse en comunicación con él y pedirle que les devolviera la libertad…

—Sigo sin poder creer que nuestra presencia sea conocida por el doctor —insistió Max —. Estoy seguro que le han ocultado nuestra llegada para podemos mantener cautivos. Además es un hombre de cierta edad y es posible que no nos haya visto. ¡Esa es una razón para penetrar en el palacio real!

— ¿Cuándo?

— ¡Esta noche! Puesto que es un soberano absoluto, sus súbditos tendrán que obedecerlo y llevarnos hasta la frontera de su estado…

— ¿Y si se niega a dejamos libres?

— ¿Por qué va a negarse?

—Tal vez por motivos diplomáticos… quién sabe.

—Si llegara a rehusarse a liberarnos —Max se enardeció con sus propias palabras—, le diré que está por debajo del más ruin de los macacos, y que es indigno de gobernar a sus propios súbditos. ¿Qué te parece?

—Muy convincente.

Considerando seriamente la idea del francés, aquél era el único camino que podía tomarse para alcanzar la libertad que en otra forma era algo remoto y difícil.

Además por la noche los guerreros wagddis seguirían festejando y estarían como el resto de la población adulta, borrachos y fatigados. El palacio real estaría pues escasamente custodiado y con un poco de suerte y otro tanto de audacia, sería posible llegar hasta el dormitorio del soberano.

John Cort, Max Huber, Khamis y Llanga se prepararon para tentar la empresa. Los tres hombres portaban sus rifles y llevaban en los bolsillos todos los cartuchos de la caja metálica. Si llegaban a ser sorprendidos, tal vez se les haría necesario hacer hablar a las armas de fuego, un lenguaje que probablemente los wagddis nunca hubieran oído. Así los cuatro fueron deslizándose entre las cabañas silenciosas, en dirección a la plaza que enmarcaba al palacio del doctor Johausen. Al llegar a destino, advirtieron que la plaza también estaba desierta. De una de las ventanas del palacio surgía una luz tenue.

— ¡No hay nadie a la vista! —murmuró John.

Así era. Faltaban hasta los centinelas habituales ante la morada del rey.

Raggi y sus guerreros parecían haberse esfumado, probablemente a causa de los efectos de aquella bebida espirituosa que circulara tan liberalmente durante la celebración y después.

El único riesgo consistía en que junto a Msélo-Tala-Tala hubiera algún servidor desvelado, que diera la alarma.

Empero la oportunidad era tentadora y no podía volverse a presentar durante mucho tiempo. Así pues, despreciando el peligro que corrían, los tres hombres y el chico se deslizaron hacia el palacio, trepando por las ramas del árbol que lo sostenía para llegar hasta la abierta ventana.

Ningún sonido se escuchaba ni dentro ni fuera de la construcción.

Fue Max el primero en franquear la ventana, seguido por sus compañeros.

Los viajeros se encontraron en una habitación rectangular, que se comunicaba con la siguiente por medio de una puerta entrecerrada, por la que se filtraba luz.

El doctor Johausen estaba en la segunda alcoba, reclinado sobre un sofá. Evidentemente ese mueble y los otros que había en la cámara formaban parte de los elementos que los wagddis encontraran en la cabañajaula del sabio.

—Entremos —dijo Max Huber.

El ruido hecho por los intrusos despertó al doctor Johausen, que se volvió hacia ellos, desperezándose. Tal vez salía de un profundo sueño, pues la presencia de hombres blancos en el interior de su dormitorio no pareció conmoverlo.

—Doctor Johausen, mis compañeros y yo venimos a presentarle nuestros respetos — dijo en correcto alemán John Cort.

El doctor no contestó. ¿Acaso había entendido mal? No podía haber olvidado su idioma tras dos años y medio entre los wagddis... era ridículo pensarlo.

— ¿No me comprende, doctor? —insistió John —. Somos extranjeros y hemos sido traídos hasta este pueblo...

Ninguna respuesta. El monarca parecía oír las palabras sin escucharlas ni comprender su significado. Ni un gesto, ni una exclamación de reconocimiento frente a hombres de su misma raza.

Max Huber se acercó y sin el menor respeto hacia ese soberano de África Central, lo tomó del hombro y lo sacudió con fuerza.

Su Majestad hizo una mueca que hubiera dejado bien parado al más expresivo mandril del Ubangui.

El francés volvió a sacudirlo. Esta vez Su Majestad le sacó la lengua.

— ¡Lo que ocurre es que está loco! —exclamó Max, soltándolo.

No cabía la menor duda. El doctor Johausen estaba totalmente desequilibrado, demente. Al partir del Camerún no debía de haber sido totalmente normal, para tomar la extraña decisión que los llevara a exiliarse en medio de la selva virgen pero ahora era un loco de atar.

Tal vez por esa misma deficiencia mental había sido nombrado rey de Ngala. La verdad era que el pobre doctor estaba totalmente desprovisto de intelecto, reducido a un nivel muy inferior al de sus súbditos.

Por eso no había reconocido siquiera que los forasteros que estaban en medio de la fiesta eran hombres de su misma raza, como no comprendía ahora las palabras que le dirigían en su propio idioma natal.

— ¡No podemos seguir perdiendo el tiempo! —intervino Khamis— ¡Este inconsciente no podrá ayudarnos en nada!

— ¡Seguramente que no! —repuso John Cort.

— ¡Y los animales de súbditos que tiene tampoco nos permitirán marcharnos libremente! —dijo Max—. ¡Ya que se nos presenta la ocasión de huir, huyamos!

—Ahora mismo —agregó Khamis—. Aprovechemos la noche.

—Y la borrachera de este mundo de simios...—murmuró Max.

— ¡Vamos! —exclamó el guía, decidido a jugarse el todo por el todo—. Tratemos de llegar sin ser vistos hasta la escalera y bajemos a la selva.

—De acuerdo —repuso Max Huber —. Pero ¿y el doctor?

— ¿Qué?

— ¡No podemos abandonarlo en su estado! Nuestro deber de hombres civilizados es llevarlo...

—Tienes razón, pero este desdichado se resistirá... tiene las facultades mentales alteradas —murmuró John.

—Hagamos la prueba —repuso firmemente Max, acercándose al doctor. Naturalmente hubiera sido imposible cargar contra su voluntad a aquel hombre voluminoso y pesado. Los tres expedicionarios se acercaron a Johausen y lo tomaron del brazo, pero el doctor, vigoroso aún, los empujó, encogiéndose sobre sí mismo como un crustáceo en su valva.

— ¡Doctor Johausen! —insistió Max—. ¡Doctor!.

Su Majestad Msélo-Tala-Tala se limitó a rascarse en la forma más simiesca posible.

—Decididamente es imposible lograr nada de esta bestia humana —dijo Max Huber desalentado—. ¡Se ha convertido en un mono más!

No les quedaba otro remedio que marcharse sin llevarlo. Por desgracia el loco, sin dejar de hacer muecas y reír, había comenzado a lanzar chillidos y gritos, que no podían menos que llamar la atención de los servidores que durmieran cerca del monarca de Ngala.

Perder aunque sólo fueran segundos, equivaldría a permanecer prisioneros años, toda la vida tal vez. Raggi y sus guerreros podían acudir y la situación de los forasteros sorprendidos en la augusta cámara del rey se tomaría delicada.

Así pues los cuatro viajeros abandonaron al doctor, que siguió chillando y rascándose.

18. LA FUGA.

La suerte ayudó a los fugitivos. Todo el ruido hecho en el interior de la cabaña real no había atraído a nadie. El lugar estaba desierto y también la plaza y calles adyacentes. La mayor dificultad consistía en reconocer el camino en medio de tantas tinieblas, y poder llegar hasta la escalera de salida.

Repentinamente, como materializándose de la nada, apareció ante nuestros amigos la figura de Lo-Mai con su pequeño hijo. El niño los había seguido al verlos pasar accidentalmente rumbo al palacio de Msélo-Tala-Tala, contando luego a su padre lo ocurrido. Este, temiendo que los salvadores de su hijito corrieran algún peligro, se apresuró a buscarlos. Esto fue algo providencial para los fugitivos, pues solos no hubieran podido alcanzar jamás la escalera de salida.

Pero si bien el nativo, demostrando una comprensión excepcional, pudo guiarlos hasta allí, un nuevo problema se planteó para ellos: una docena de guerreros bajo las órdenes de Raggi custodiaban el lugar.

¿Qué hacer? ¿Probar de forzar el pasaje? ¿Cuatro contra trece?

El jefe de los guerreros, para su desgracia descubrió a los fugitivos y, posiblemente excitado por el abuso hecho de alcohol, alzó la lanza y cargó contra ellos, lanzando un grito de guerra.

Casi contra su voluntad, Max apuntó con su carabina y cuando el nativo estaba a diez pasos, hizo fuego. Raggi se desplomó, con una bala en el pecho. Estaba muerto.

Entonces el francés retrocedió un paso y disparó sobre el resto del grupo.

No cabía duda que los wagddis no conocían el manejo de las armas de fuego, y ni siquiera su existencia. El estruendo y la caída de Raggi y de uno de sus guerreros, fueron suficientes para poner en fuga desordenada al resto, dominado por un terror irracional.

El camino quedaba libre.

— ¡Bajemos! —gritó Khamis.

Lo-Mai y su pequeño abrieron la marcha, para enseñarles el camino. John Cort, Llanga, Khamis, y, cerrando la marcha, Max.

Dejándose casi deslizar hasta llegar a tierra, los fugitivos fueron guiados por el agradecido padre hasta la orilla del río, donde llegaron quince minutos después. Allí, desatando una canoa, se embarcaron con el padre y el hijo.

En ese momento una serie de antorchas aparecieron en los alrededores, y varios centenares de wagddis corrieron hacia ellos. Gritos de cólera resonaban bajo la cúpula vegetal, y una nube de flechas cayó sobre la canoa.

— ¡Fuego contra ellos! —gritó John Cort, echándose el rifle al hombro y apuntando. Max lo imitó, en tanto que Khamis y Llanga maniobraban el bote.

Una doble detonación resonó y dos wagddis se desplomaron, en tanto que el resto de los exaltados guerreros se esfumaba como por arte de magia.

En ese momento la pequeña embarcación era atrapada por la corriente, y desaparecía hacia la protección que brindaba el centro del río.

Es inútil relatar paso a paso los pormenores de la navegación por este otro afluente del Ubangui. Si había otros pueblos aéreos, los expedicionarios no alcanzaron a verlos. Como tenían municiones y armas de fuego, la alimentación no les faltó, pues la caza era abundante en la comarca.

Al día siguiente de la fuga, cuando cayó el sol, Khamis amarró la canoa a un árbol de la orilla y bajaron para pasar la noche, seguros de que estaban suficientemente lejos como para no temer nada de los wagddis.

Durante las horas de navegación, los prófugos habían procurado demostrar en toda forma posible su gratitud a Lo-Mai padre, hacia quien experimentaban una simpatía totalmente humana. ¿Cómo sentirse superiores a un ser tan leal y valeroso, por algunas diferencias antropológicas?

John y Max hubieran querido conseguir que el wagddi los acompañara hasta Libreville con su hijito, pero Lo-Mai se negó firmemente.

Así, pues, cuando la embarcación se detuvo tras quince horas consecutivas de navegación, Khamis calculó que desde la víspera habían recorrido por lo menos cuarenta y cinco o cincuenta kilómetros.

Convinieron en pasar la noche en aquel sitio. El campamento se organizó de inmediato, y una vez que hubieron comido, se acostaron a dormir, mientras Lo-Mai padre velaba.

Al día siguiente, el guía comenzó con los preparativos para la marcha, y en el momento en que estaban por subir a la canoa, el wagddi, que tenía a su hijito de una mano se detuvo en la orilla.

John Cort y Max Huber se le acercaron, pidiéndole que subiera con ellos; pero el nativo hizo un gesto negativo, señaló con una mano el curso del río y con la otra las espesuras de la foresta.

Los dos blancos insistieron, con gestos suficientemente expresivos. Querían que su salvador los acompañara.

Al mismo tiempo Llanga acariciaba a la criatura, tratando así de convencer al padre.

Pero fue el niño quien resolvió la situación, con una sola palabra que ya se había hecho familiar a todos:

— Ngora —dijo lacónicamente.

Su madre había quedado en el pueblo aéreo. Su padre y él querían regresar junto a ella.

El adiós fue pues definitivo. Los dos wagddis llevaron consigo un gran trozo de carne recién cazada por Max Huber, para no pasar necesidades durante su regreso a Ngala.

John Cort y Max se sintieron emocionados al pensar que no volverían a ver más a aquellos dos seres de una raza tan distinta pero tan buenos y afectuosos.

En cuanto a Llanga, se echó a llorar en el momento de despedirse del pequeño a quien salvara del río.

—Y bien —preguntó el norteamericano a Max y Khamis viendo que también las lágrimas bañaban los rostros de los dos wagddis—. ¿Todavía se niegan a aceptar a estos seres como a semejantes nuestros?

—Tú ganas, John —repuso el francés—. Tienen los dos mejores atributos del hombre: la sonrisa y las lágrimas.

La canoa pronto alcanzó el centro del río y desde allí, antes de desaparecer tras un recodo, los viajeros saludaron por última vez a Lo-Mai y a su hijo.

Durante una semana y media los expedicionarios continuaron descendiendo el curso del río, hasta su confluencia con el Ubangui. La corriente era muy rápida y en ese tiempo recorrieron cuatrocientos kilómetros más.

El guía y sus compañeros estaban a la sazón a la altura de los remolinos de Zongo, en el ángulo formado con el río al doblar hacia el sur. Estos rápidos hubieran sido imposibles de franquear con una débil canoa, y para proseguir la navegación hubiera sido necesario cargar al hombro la embarcación, pasar al otro lado de los rápidos y volver luego al curso líquido.

Por fortuna Khamis pudo evitar esta penosa operación.

Por debajo de los rápidos, el Ubangui es perfectamente navegable y gran número de embarcaciones lo recorren hasta su confluencia con el Congo. Como abundan los poblados, misiones y puestos comerciales, el paso de esos barcos es frecuente, por lo que siguiendo el consejo del guía, los viajeros esperaron la aparición de uno, que los cargó a bordo y los llevó cómodamente durante los quinientos kilómetros restantes de viaje por el río.

El 28 de abril el vaporcito se detuvo en un pequeño puerto de la costa del río. Descansados de sus fatigas, equipados convenientemente, no quedaban a los amigos más que novecientos kilómetros de recorrido para alcanzar Libreville. En el puerto fue organizada de inmediato una caravana, y marchando directamente hacia el oeste, cruzaron las llanuras congolesas en veinticuatro días.

El 20 de mayo John Cort, Max Huber, Khamis y Llanga entraban en Libreville, donde sus amigos, inquietos por la tardanza, estaban a punto de organizar una expedición para buscarlos.

La recepción fue, naturalmente, extraordinaria.

Ni Khamis ni el muchachito indígena debían separarse ya de John Cort y Max Huber. Llanga fue adoptado por los dos amigos y el guía era para ellos un compañero demasiado valeroso y leal para dejarlo marchar.

A veces, durante los años que siguieron, se preguntaron por el doctor Johausen… ¿Qué sería de él y de ese pueblo aéreo, en pleno corazón del Continente Negro? Tarde o temprano otra expedición deberá llegar hasta esa zona inexplorada aún, para entrar en contacto con esos extraños wagddis y estudiarlos a la luz de los más modernos conocimientos antropológicos.

Quizás en ellos se ha refugiado el último vestigio de vida prehistórica de este planeta.

Por su parte el pobre doctor alemán, que a estas horas debe haber muerto de viejo, llorado por sus súbditos, nunca debió de haber recobrado la razón, porque no se tuvieron jamás noticias suyas. Tal vez la locura fue para él la mejor defensa contra la desesperación y la soledad, y convertido en poco más que un gigantesco babuino blanco, pasó sus últimos años rodeado del afecto y la veneración de los pobladores de Ngala, el pueblo aéreo del Ubangui.